U0141659

好的文藝裡，是非黑白不是沒有，
而是包含在整個效果內，不可分的。
讀者的感受中就有判斷。
題材也有是很普通的事，而能道人之未道，
看了使人想著：『是這樣的。』
再不然是很少見的事，而使人看過之後
會悄然說：『是有這樣的。』
我覺得文藝溝通心靈的作用不外這兩種。
二者都是在人類經驗的邊疆上開發探索，
邊疆上有它自己的法律。

張愛玲

【張愛玲全集】

同學少年都不賤

編者的話

〈同學少年都不賤〉這篇中篇小說是張愛玲女士生前從未發表過的作品。事實上，我們在編完了《張愛玲典藏全集》精裝版後，除了仍有部分譯作和電影劇本因版權等問題考量而未能收入外，張愛玲作品的版權所有人宋淇教授夫婦和我們手邊所有可供出版的散稿當時均已全部收入，所以後來在收到宋淇夫人宋鄺文美女士交付這篇遺稿時，可以說是意外的驚喜。

這篇遺稿的出土經過也頗爲曲折。宋淇教授仍在世時，曾面交張愛玲的一些稿件和遺物給皇冠出版和保存，卻未曾提起過有這篇稿子存在，在張愛玲給宋淇教授夫婦的私人遺囑裡，亦未提及此稿。我們推想是宋淇教授過世後，宋夫人在整理遺物時才發現這篇遺稿，並轉交香港皇冠的同仁收存。香港皇冠同仁後來將稿件寄回台灣，卻在郵寄中途不知去向，幸好當時還預先影印了一份留底，才使這篇遺稿不致佚失湮沒。

關於此稿的來歷，因爲宋淇教授已過世，而其中來龍去脈宋夫人亦已不復記憶，原本全無線索可循。在此特別感謝聯合副刊蘇偉貞小姐，承蒙她的細心並提供資料，原來收錄在《聯合文學》第十四卷第九期夏志清先生〈張愛玲給我的信（十）〉一文中，張愛玲於一九七八年八月二十日寫給夏志清先生的信中，曾提到過這篇稿子：『〈同學少年都不賤〉這篇小說除了外界的阻力，我一寄出也就發現它本身毛病很大，已經擱開了。』雖只寥寥數語，但這已是目前所能找到有關這篇遺稿唯一的第一手資料了。

雖然張愛玲當時對這篇作品似乎並不滿意，但我們了解張愛玲在創作上一向求好心切、務求完美，然而對張迷來說，如今還能夠看到『新的』張愛玲作品發表，都已是一件無比興奮的大事，更何況現在任何張愛玲遺稿的出土，也都將是十分重要的文學史料，所以幾經討論，我們還是決定將這篇遺稿出版，並正好趕上列入皇冠五十週年『嚴選五十』的出版計劃中。

這次出書除了〈同學少年都不賤〉這篇作品外，並特別收進以往只收在《張愛玲典藏全集》精裝版裡、而未收入平裝單行本中的一些散稿，包括〈四十而不惑〉、〈一九八八至——？〉等散文二帙，以及〈無頭騎士〉、〈愛默森的生平與著作〉、〈梭羅的生平與著作〉、〈海明威論〉等譯作四種，讓平裝版的內容更趨完備，以饗所有張愛玲的讀者，特此說明。

目錄

同學少年都不賤

起先簡直令人無法相信——猶太人姓李外的極多，取名汴傑民的更多。在季辛吉國務卿之前，第一個入內閣的移民，又是從上海來的，也還是可能剛巧姓名相同。趙玨看了時代週刊上那篇特寫，提到他的中國太太，又有他們的生活照，才確實知道了。

『還是我一句話撮合了他們。』她不免這樣想。當然，人總誇張自己演的角色的重要性。恩娟不跟她商量，大概也會跟他好的。那時候又沒有別的男朋友，據她所知。

她記得非常清楚，那天在恩娟家裏吃晚飯，上海娘姨做的有一碗本地菜芋艿肉片，她別處沒見過。恩娟死了母親就是自己當家。飯後上樓到她住的亭子間去，搬開椅子上堆的一疊衣服，坐下談了一會，她忽然笑道：『有個同學寫信來，叫我也到內地去。汴・李外——猶太人，他們家前幾年剛從德國逃出來的。』

『哦。』趙玨有點模糊。無國籍的猶太人無處收容，彷彿只能到上海來。『他現在在重慶？』

『嗳，去年走的。因爲洋行都搬到重慶去了，在那邊找事比較容易。他在芳大也是半工半讀。』

說著便走開去翻東西，找出一張襯著硬紙板的團體照，微笑遞了過來，向第二排略指了指，有點羞意。

是個中等身材的黑髮青年，黑框眼鏡，不說也看不出來是外國人，額角很高，露齒而笑，鼻直口方，幾乎可以算漂亮。

趙玨一見立即笑道：『你去。你去好。』

恩娟很不好意思的『咦』了一聲，咕噥道：『怎麼這樣注重外表？』

趙玨知道恩娟是替她不好意思。她這麼矮小瘦弱蒼白，玳瑁眼鏡框正好遮住眼珠，使人對面看不見眼睛，有不可測之感。像她這樣如果戀愛的話，只能是純粹心靈的結合，倒這樣重視形體？

雖如此，把那張大照片擱過一邊的時候，看得出恩娟作了個決定。

此後還有一次提起他。恩娟想取個英文名字。

『你叫蘇西好，』趙玨說。『我最喜歡聽你唱〈與蘇西偕行〉。』

恩娟笑道：『汴要叫我凱若蘭。』

『叫蘇西好，蘇西更像你。』

她力爭，直到恩娟有點窘起來，臉色都變了，不想再說下去，她才覺得了，也訕訕的。怎麼這樣不自量？當然是男朋友替女朋友取名字。

她們學校同性戀的風氣雖盛，她們倆倒完全是朋友，一來考進中學的時候都還小，一個又是個醜小鴨，一個也並不美。恩娟單眼皮，小塌鼻子，不過一笑一個大酒渦，一口牙齒又白又齊。有紅似白的小棗核臉，反襯出下面的大胸脯，十二三歲就『發身』了，十來歲的人大都太瘦，再不然就是太胖，她屬於後一類，而且一直不瘦下來，加上豐滿的乳房，就是中年婦人的體型。

『走在馬路上，有人說「大奶子」。』她有一次氣憤的告訴趙玨。

她死了母親，請了假，銷假回來住校的時候，短髮上插一朵小白棉絨花，穿著新做的白辮子滾邊灰色愛國布夾袍，因爲是虔誠的教徒，腰身做得相當鬆肥，站在那裏越覺碩大無朋，眼睛哭得紅紅的。趙玨也不敢說什麼，什麼都沒問。

她寫信給母親總是稱『至愛的母親』。開懇親會，她父母是不配稱的一對，母親高個子，長得簡直像聖母像，除了一雙弔梢眼太細窄了些。人也斯文。父親年紀大得多，胖大身材，前面頭髮禿得額角倒插，更顯得方腮大面，橫眉豎眼的。穿西裝，開一爿義肢拐杖店。恩娟告訴趙玨，他另外有個家，生了一大窩孩子。母親知道了跟他鬧，不是孩子多，就離婚了。

『他們從前怎麼會結婚的？』

『他會騙。』

他們都是內地教會培植出來的。母親也在外面做事，不知道是房產還是股票掮客，趙珏搞不清楚。恩娟後來告訴她有個李天聲，一直從前兩人感情非常好，在遺物裏發現他的照片。

悠長的星期日下午，她們到校園去玩，後園就有點荒烟蔓草，有個小丘，殘破的碎石階上去，上面搭了個花架，木柱的棗紅漆剝落了，也沒種花。恩娟認識桑樹，一人帶隻漱盂摘桑椹吃，從地下拾起爛熟的，紫紅的珍珠蘭似的一小簇一小簇，拿到宿舍裏空寂無人的盥洗室，在灰色水泥長槽上放自來水沖洗，沖掉螞蟻。

趙珏不會說上海話，聽人家的『強蘇白』渾身起雞皮疙瘩，再也老不起臉來學著說。國語發音不好，也不好意思撇著『話劇腔』。上海學生向來是，非國語非吳語一概稱爲江北話。人力車夫都是江北人。所以她在學校裏一個朋友也沒有，除了恩娟。

恩娟人緣非常好，入校第二年就當選級長。那年她們十二歲，趙珏愛上了勞萊哈台片中一個配角，演十八世紀的貴族，撲白粉的假髮，有一場躲在門背後，走出來向女人高唱歌劇曲子。看了戲回家，心潮澎湃，晚上棕黑色玻璃窗的上角遙遙映出一個希臘石像似的面影，恍如稠人廣眾中湧現。男高音的歌聲盈耳，第一次嚐到這震盪人心魄的滋味。

『你那個但尼斯金從來沒張開嘴笑過，一定是綠牙齒。』恩娟說。

從此同房間的都叫他綠牙齒。

四個人一間房，熄燈前上床後最熱鬧。恩娟喜歡在蚊帳裏枕上舉起雙臂，兩隻胳膊扭絞個不停，柔若無骨，模仿中東艷舞，自稱爲『玉臂作怪』。趙玨笑得滿床打滾。窗外黑暗中蛙聲閣閣，沒裝紗窗，一陣陣進來江南綠野的氣息。

各人有各人最喜歡的明星，一提起這名字馬上一聲銳叫，躺在床上砰砰蹦蹦跳半天。有一次趙玨無意間瞥見儀貞臉色一動，彷彿不以爲然。她先不懂爲什麼，隨後也有點會意，從此不蹦了。儀貞比她們大兩歲，父親是寧波商人，吸鴉片，後母年青貌美，弟妹很多，但是只住著一個樓面。

有時候有人來訪，校規是別房間的人不能進來，只好站在門口。嗓子好的例必有人點唱，不是流行歌就是『一百○一支最佳歌曲』，站在門檻上連唱幾支。

恩娟說話聲音不高，歌喉卻又大又好，唱女低音，唱的〈啊！生命的甜蜜的神秘〉與〈印第安人愛的呼聲〉趙珏聽得一串寒顫蠕蠕的在脊梁上爬，深信如果在外國一定能成名。她又有喜劇天才，常擺出影星胡蝶以及學胡蝶的『小星』們的拍照姿勢，翹著二郎腿危坐，伸直了兩臂，一隻中指點在膝蓋上，另一隻手架在這隻手上，中指點在手背上，小指翹著蘭花指頭，一雙柔荑勢欲飛去；抿著嘴，加深了酒渦，目光下視凝望著，專注得成了鬥雞眼。

只有趙珏家裏女傭經常按期來送點心換洗衣服，因此都托她代買各色俄國小甜麵包，買了來大家分配。

『儀貞總要狠狠的看一眼，揀大的。』恩娟背後說。

儀貞面貌酷肖舊俄詩人普希金，身材卻矮小壯實。新搬進來的芷琪，微黑的臉蛋也有拉丁風味，厚重的眼瞼睫毛，深黝的眼睛，筆直的鼻子；個子不高，手織天藍絨線衫下，看得出胸部曲線部位較低，但是堅實。她比她們低好幾班，會跳踢躂舞，沒有音樂，也能在房間裏教恩娟跳社交舞，暑假又天天一同到公共游泳池游泳。

電影雜誌上有一張好萊塢『小星』的游泳照，一排六七個挽著手臂，在沙灘上迎面走來，正中最高的一個金髮女郎臉瘦長，牙床高，有點女生男相，胸部雖高，私處也墳起一大塊。大家看了都怔了怔，然後噗嗤噗嗤笑了。

『雌孵雄。』芷琪說。

趙珏十分困惑。那怎麼能拍到宣傳照裏去？此後有個時期她想是游泳衣下繫著月經帶。多年後她才悟出大概是毛髮濃重，陰毛又硬，沒抹平。

她跟恩娟芷琪的關係很微妙。恩娟現在總是跟芷琪在一起，她就像是渾然不覺。芷琪有時候倒又來找她，一塊吃花生米，告訴她一些心腹話。也許是跟恩娟鬧彆扭，也許不爲什麼，就是要故起波瀾，有挑撥性。趙珏對她總是歡迎，也是要氣氣恩娟。

恩娟也總是像沒注意到。

練琴的鐘點內，芷琪有時候偷懶，到趙玨的練琴間來找她，小室中兩人躲在鋼琴背後，坐在地下。這年暑假芷琪的寡母帶他們兄妹到廬山去避暑，在山上遇見了兩個人，她用英文叫他們『藍』『黃』。

『藍在游泳池做救生員，高個子，非常漂亮。黃個小子。』忙又道：『黃也好。藍先下山。那天我剛到游泳池，在裏面換衣服，聽見他跟我哥哥說再會，已經走了，又說：「望望你妹妹哦！」』

故事雖然簡單，趙玨也感到這永別的迴腸蕩氣。

教芷琪鋼琴的李小姐很活潑，已經結了婚，是廣東人，胸部發育得足，不過太成熟了，又不戴乳罩，有車袋奶的趨勢。

『給男人拉長了的。』芷琪說。

芷琪又道：『我表姐結婚了。表姐夫非常漂亮，高個子，長腰腰的臉，小眼睛笑起來瞇著，眞迷人。我表姐也美，個子也高。我表姐說：「你不知道男人在那時候多麼可怕，力氣大得像武瘋子一樣，兩隻臂膊抱得你死緊，像鐵打的，眼睛都紅了，就像不認識人。那東西不知有多麼大，嚇死人了！」』

趙玨知道她不會告訴恩娟這話。恩娟因爲趙玨看過性史，有一次問她性交到底是怎麼回事，她不知怎麼再也說不出口，畫了個簡圖，像易經八卦一樣玄，恩娟看不懂，也只好算了。

自從丟了東三省，學校裏組織了一個學生救國會，常請名人來演講。校中有個籃球健將也會演講，比外間請來的還更好，是旗人，名叫赫素容，比趙玨高兩班，一口京片子字正腔圓，不在話下，難得的是態度自然，不打手勢而悲憤有力，靠邊站在大禮堂舞台上，沒有桌子，也沒有演講稿，斜斜的站著，半低著頭，脖子往前探著點，只有一隻手臂稍微往後掣著點流露出一絲緊張，幾乎是一種陰沉威嚇的姿勢。圓嘟嘟的蒼白的腮頰，圓圓的弔梢眼，短髮齊耳，在額上斜掠過，有點男孩子氣，身材相當高，咖啡色絨線衫敞著襟，露出沉甸甸墜著的乳房的線條。

趙玨在紙的邊緣上寫起：『赫素容赫素容赫素容赫素容赫素容』，寫滿一張紙，像外國老師動不動罰寫一百遍。左手蓋著寫，又怕有人看見，又恨不得被人看見。

食堂坐三百多人，正中一張小板桌上一隻木桶裝著『飯是粥』，鍋巴煮的稀粥。飯後去舀半碗粥，都成了冒險的旅程，但是從來沒碰見她。出來進去擠得水洩不通，倒有時候在人叢中看見她。不論見到沒有，一擠到廊下，看見穹門外殷紅的天——晚飯吃得早——穹門正對著校園那頭的小禮拜堂，鐘塔的剪影映在天上，趙玨立刻快樂非凡，心漲大得快炸裂了，還在一陣陣的膨脹，擠得胸中透不過氣來，又像心頭有隻小銀匙在攪一盅煮化了的蓮子茶，又甜又濃。出了穹門，頭上的天色淡藍，已經有幾顆金星一閃一閃。夾道的矮樹上，大朵白花開得正香，橢圓形的花瓣，也許就是白玉蘭，但是她有次聽人說是曼陀羅花——彷彿只有佛經裏有？

學校裏流行『拖朋友』，發現誰對誰『痴得不得了』，就用搶親的方式把兩人拖到一起，強迫她們挽臂同行。晚飯後或是週末，常聽見一聲吶喊，嘯聚四五個人，分頭飛跑追捕獵物。捉到了，有時候在宿舍走廊上轉兩個圈子就可以交卷了。如果在校園裏，就在那黃昏的曼陀羅花徑上散步。趙玨總是半邊身子酥痲痲木，虛飄飄的毫無感覺。『拖』過幾次，從來不記得說過什麼話。她當然幾乎不開口。赫素容自有一個形影不離的同班生鄭淑菁，纖瘦安靜沉默，有雀斑，往往正在挽臂同行，給硬拆散了。

有一天她看見那件咖啡色絨線衫高掛在宿舍走廊上晒太陽，認得那針織的纍纍的小葡萄花樣。四顧無人，她輕輕的拉著一隻袖口，貼在面頰上，依戀了一會。

有目的的愛都不是眞愛，她想。那些到了戀愛結婚的年齡，爲自己著想，或是爲了家庭社會傳宗接代，那不是愛情。

還有一次她剛巧瞥見赫素容上廁所。她們學校省在浴室上，就地取材，用深綠色大荷花缸做浴缸，上面裝水龍頭，近缸口膩著一圈白色污垢，她永遠看了噁心，再也無法習慣。都是棗紅漆板壁隔出的小間，廁所兩長排，她認了認是哪扇門，自去外間盥洗室洗手，等赫素容在她背後走了出去，再到廁所去找剛才那一間。

平時總需要先檢查一下，抽水馬桶座板是否潮濕，這次就坐下，微溫的舊木果然乾燥。被發覺的恐懼使她緊張過度，竟一片空白，絲毫不覺得這間接的肌膚之親的溫馨。

空氣中是否有輕微的臭味？如果有，也不過表示她的女神是人身。

她有點忸怩的對父母說，有個同學要畢業了，想送點禮物。她父母也都知道她們學校裏拖朋友的風俗，都微笑，但是也不想多花錢，就把一對不得人心的銀花瓶，一直擱在她房裏爐台上的，還是他們從前結婚的時候人家送的禮，拿去改刻了幾行字，給她拿去送人。她覺得這份禮雖然很值錢，有點傻頭傻腦的，但是實在不好意思再說什麼。果然校中傳爲笑柄——畢業禮送一對銀花瓶，倒不送銀盾？正是江北土財主的手筆。

赫素容倒很重視。暑假裏趙玨萬想不到她會打電話來，說要來看她。

趙玨草草的梳了梳短髮，換了件衣服，不過整潔些，也沒什麼可準備的。延挨了一會，下樓在客室裏等著，站在窗前望著。房子不臨街，也看不見什麼。忽見竹籬笆縫裏一個白影子一閃，馬上知道是她來了。其實也從來沒看見她穿白衣服。

趙玨到大門口去等著。園子相當大，包抄過來又還有一段時間，等得心慌。

瀝青汽車路冬青矮牆夾道，一輛人力車轉了彎，拖到高大的灰色磚砌門廊下，牆上蓋滿了碧綠的爬山虎。赫素容在車上向她點頭微笑，果然穿著件白旗袍。

進去落坐後，赫素容帶笑輕聲咕噥了一聲：『怎麼這麼大？』

雖然是老洋房舊傢俱，還是拼花地板。女傭泡了茶來之後，便靜悄悄的一點人聲都沒有。

赫素容告訴她說要到北平去進大學，叫她寫信給她。

也只略坐了一會就走了。

暑假還沒完，倒已經從北京來了信。趙玨認識信封上的筆跡——天藍色的字很大，帶草——又驚又喜，忙拆開來。雖然字大，而信箋既窄又較小——一清如水的素箋，連布紋都沒有，但是細白精緻，相當厚——竟有三張之多：

『玨，（!!趙玨從來沒想到單名的好處是光叫名字的時候特別親熱）我到北平已經快三星期了。此間的氣氛與潔校大不相同，生氣蓬勃，希望你畢業後也能來。課外活動很多，篝火晚會的情調非常好，你一定會喜歡的。……』

趙玨狂喜的看下去。她甚至於都從來沒想到鄭淑菁是不是也去了。

一面看，她不知怎麼卻想起來，恍惚聽見說赫素容左傾，上次親共女作家愛格妮絲·史邁德萊到學校來演講她陝北之行的事，就是赫素容去請來的。趙玨對政治不感興趣，就連說赫素容的話都沒聽進去，但是這時候忽然有個感覺，吸引她的篝火晚會不是浪漫氣氛的，火光熊熊中是左派的討論與宣傳。

她對傳教一向養成了抵抗力。在學校裏每天早晨做禮拜，晚飯後又有晚禮拜，不過是學生佈道，不一定要去，自有人來拉伕。她也去過兩次，去一趟，代補習半小時的數理化。

恩娟就從來沒對她傳過教。

這封信她連看了幾遍，漸漸有點明白了。左派學生招兵買馬，赫素容一定是看她家裏有錢，借著救國的名義，好讓她捐錢，所以預備把她吸收進去。

她覺得拿她當傻子，連信都沒回，也沒告訴人，對恩娟都沒提起。

她畢了業沒升學。她父母有遠見，知道越是怕女兒嫁不掉，越是要趁早。二八佳人誰不喜歡？即使不佳，『十八無醜女』。因此早看準了對象，一畢業就進行。對方也是爲了錢。

她不願意。家裏鬧得很厲害，把她禁閉了起來。她氣病了，恩娟儀貞來看她，倒破格放她們進來，大概因爲恩娟以前常來，她母親見了總是讚不絕口，又穩重大方又能幹，待人又親熱又得體。

趙玨在枕上流下淚來。

恩娟勸慰道：『你不要著急。這下子倒好了。』

趙玨不禁苦笑。恩娟熟讀維多利亞時代的小說，以爲她一病倒，父母就會回心轉意了。

她們都進了聖芳濟大學，不過因爲滬戰停課了。

那次探病之後沒多久，趙玨逃婚，十分狼狽，在幾個親戚家裏躲來躲去，也不敢多住，怕叫人家爲難。恩娟約她到附近一個墓園去散步，她冬衣沒帶出來，穿著她小舅舅的西裝褲，舊黑大衣，都太長，拖天掃地，又把訂婚的時候燙的頭髮剪短了，表示決心，理髮後又再自己動手剪去餘鬈，短得近男式，不過腦後成鋸齒形。

一個瘦長的白俄老頭子突然出現了，用英文向她喝道：『出去出去！』想必是看守墓園的。

她又驚又氣，也用英文咕噥道：『幹什麼？』

她們不理他，轉了個圈子，他又在小徑盡頭攔著路，翹著花白的黃菱角鬍子，瞪著眼向趙玨吆喝：『出去出去！』

她奇窘，只好嘟囔著：『這人怎麼回事？』

恩娟只是笑。她們又轉了個彎，不理他。

趙玨再也想不到是因爲她不三不四，不男不女的，使他疑心是磨鏡黨。

恩娟講起她在大場看護傷兵。『有一個才十八歲，炸掉三隻手指——疼哦！腿上也有好大的傷口，不過不像「十指通心」，那才眞是疼。他眞好，一聲不響，從來不說什麼。給他做點事，還一臉過意不去，簡直受罪似的。長得也秀氣。』

她愛他，趙玨想，心裏凜然，有點像宗教的感情。

『芷琪現在就是她哥哥一個朋友，一天到晚在他們家，』恩娟說，但是彷彿有點諱言。

趙玨就也只默然聽著。

『這人……一天到晚就是在彈子房裏。』

趙玨的母親終於私下貼錢，讓她跟她姨媽住，對她父親只說是她外婆從內地匯錢給她——年紀大的人，拿他們沒辦法。

她也考進了芳大，不過比恩娟低了一級，見面的機會少了。

『再唸兩年書也好，好在男家願意等她。』她母親說。也許還抱著萬一的希望，大學男女同學，說不定碰見個男孩子。

耶誕前夕，恩娟拖她去聽教堂鳴鐘。

趙玨笑道：『好容易聖誕節不用做禮拜了，還又要去？』

『不是，他們午夜彌撒，我們不用進去。你沒聽見過那鐘，實在好聽。』

到了教堂，只見彩色玻璃長窗內燈火輝煌，做彌撒的人漸漸來得多了。她們只在草坪上走走。午夜幾處鐘樓上鐘聲齊鳴，音調參差有致，一唱一和，此起彼落，成爲壯麗的大合唱。

恩娟早已從流行歌轉進到古典音樂，跟上海市立交響樂隊第一提琴手學提琴。也是納粹排猶，從中歐逃出來的，頗有地位的音樂家。

恩娟說她崇拜他，又怕趙玨誤會，忙道：『其實他那樣子很滑稽，非常矮，還有點駝背，紅頭髮，年紀大概也不小了。』

這天午夜聽鐘，趙玨想起來問她：『你還有工夫學提琴？』

『不學了。』她有點僵，顯然不預備說下去，但是結果又咕噥了一聲：『他誤會了。』聲音低得幾乎聽不見，面容窘得像要哭了。

趙玨駭然。出了什麼事？他想吻她，還是吻了她，還是就伸手抓她？趙玨想都不能想，只噤住了。

恩娟去重慶前提起『芷琪結婚了。就是她哥哥那朋友。』也沒說什麼。

趙玨的母親貼她錢的事，日子久了被她父親知道了，大鬧了一場，斷絕了她的接濟，還指望逼她就範。她賭氣還差一年沒畢業，就在北京上海之間跑起單幫來。

這兩年她在大學裏，本來也漸漸的會打扮了。戰後恩娟回上海，到她這裏來那天，她穿著最高的高跟鞋，二藍軟綢圓裙——整幅料子剪成大圓形，裙腰開在圓心上，圓周就是下襬，既伏貼又迴旋有致。白綢襯衫是芭蕾舞袖，襯托出稚弱的身材。當時女人穿洋服的不多，看著有點像日本人。眼鏡不戴了，眼瞼上抹著藍粉，又在藍暈中央點一團紫霧，看上去眼窩凹些，二色眼影也比較自然。腦後亂挽烏雲，堆得很高，又有一大股子流瀉下來，懸空浮游著，離頸項有三寸遠。

恩娟笑道：『你這頭髮倒好，涼快。』

她一看見恩娟便嚷道：『你瘦了！瘦了眞好看。』

『給孩子拖瘦的。晚上要起來多少次給他調奶粉，哭了又要抱著在房間裏轉圈子，沒辦法，住得擠，不能把人都吵醒了。白天又忙，一早出去做事，老是睡不夠。』

恩娟終於曲線玲瓏了，臉面雖然黃瘦了些，連帶的也秀氣起來。脂粉不施，一件小花布旗袍，頭髮仍舊沒燙，像從前一樣中分，掖在耳後，不知道是內地都是這樣儉樸，還是汴．李外喜歡她這樣，認爲較近古典式的東方女人。

她把孩子帶了來，胖大的黑髮男孩。

『我老是忘了，剛才路上又跟黃包車夫說四川話。』她笑著說。

她對趙珏與前判若兩人的事不置一詞，趙珏知道她一定是聽見儀貞說趙珏跑單幫認識了一個高麗浪人，戰後還一度謠傳她要下海做舞女了。

趙珏笑道：『好容易又有電影看了。錯過了多少好片子，你們在內地都看到了？』

『我們附近有個小電影院，吃了晚飯就去，也不管它是什麼片子。』

趙珏詫笑道：『我不能想像，不知道什麼片子就去看。』總是多少天前就預告，熱烈的期待，直到開演前，音樂的洪流漲潮了，紫紅絨幕上兩枝橫斜的二丈高嫩藍石青二色鑲銀國畫蘭花，徐徐一剖兩半往兩邊拉開，那興奮得啊！

『忙了一天累死了，就想坐下來看看電影，哪像從前？』

『內地什麼樣子？』

『都是些破破爛爛的小房子。』

『你跟汴話多不多？』她沒問他們感情好不好。

『哪有工夫說話。他就喜歡看偵探小說，連刷牙都在看。』不屑的口氣。

趙玨笑了。

『當然性的方面是滿足的。我還記得你那時候無論如何不肯說。』

又道：『忙。就是忙。有時候也是朋友有事找我們。汴什麼都肯幫忙。都說「李外夫婦的慷慨……」』末句引的英文，顯然是他們的美國朋友說的。

至少作爲合夥營業，他們是最理想的一對。

趙玨還是跟她的寡婦姨媽住。她去接了個電話回來，恩娟聽她在電話上說話，笑道：『你上海話也會說了。』

『在北京遇見上海人，跟我說上海話，不好意思說不會說，只好說了。大概本來也就會說，不好意思忽然說起上海話來。』

提起北上跑單幫，恩娟便道：『你也不容易，一個人，要顧自己的生活。』

一句不鹹不淡的誇讚，分明對她十分不滿。她微笑著沒說什麼。

孩子爬到沙發邊緣上，恩娟去把他抱過去靠著一堆墊子坐著。

趙玨笑道：『崔相逸的事，我完全是中世紀的浪漫主義。他有好些事我也都不想知道。』

恩娟也像是不經意的問了聲：『他結過婚沒有？』

『在高麗結過婚。』頓了頓又笑道：『我覺得感情不應當有目的，也不一定要有結果。』

恩娟笑道：『你倒很有研究。』

說著，她姨媽進來了，雙方都如釋重負。

談了一會，恩娟『還有點事，要到別處去一趟。』先把孩子丟在這裏。

趙玨把他安置在床上，床上罩著床套。他爬來爬去，不一會就爬到床沿上。她去把他挪到裏床，一會又爬到床沿上。她又把他搬回去。至少有十廿磅重，搬來搬去，她實在搬不動了，癱倒了握著他一隻腳踝不放手。他爬不動，哭了起來。她姨媽在睡午覺，她怕吵醒了她，想起鳥籠上罩塊黑布，鳥就安靜下來不叫了，便攤開一張報紙，罩在他背上。他越發大哭起來，但是至少不爬了。

她連忙關上門，倚在門上望著他，自己覺得像白雪公主的後母。

等恩娟回來了，她告訴她把報紙蓋著他的事，恩娟沒作聲，並不覺得可笑。

趙玨忙道：『鬆鬆的蓋在背上，不是不透氣。』

恩娟依舊沒有笑容，抱起孩子道：『我回去了，一塊去好不好？還是從前老地方。汴家裏住在虹口一個公寓裏，還是我們那裏地方大一點。』

當然應當去見見汴。

兩人乘三輪車到恩娟娘家去。一樓一底的衖堂房子，她弟妹在樓下聽流行歌唱片。她父親一直另外住。

她帶趙玨上樓去，汴從小陽台上進來了，房子小，越顯得他高大。他一點也不像照片上，大概因爲有點鷹鉤鼻抄下巴，正面的照片拍不出，此刻又沒有露齒而笑。團體照大概容易產生錯覺，也許剛巧旁邊都是大個子，就像他也是中等身量。還是黑框眼鏡，深棕色的頭髮微鬈，前面已經有點禿了——許多西方人都是『少禿頭』——但是整個的予人一種沉鷙有份量的感覺，決看不出他刷牙也看偵探小說。

握過了手，汴猝然問道：『什麼叫intellectual passion?』

趙玨笑著，一時答不出話來。那還是他們剛結婚的時候，她信上說的。她不過因爲他額角高，戴眼鏡，在她看來恩娟又不美或是性感，當然他們的愛情也是『理智的激情』，因此杜撰了這英文名詞，至今也還沒想到這名詞帶點侮辱性。

恩娟顯然怕她下不來台，忙輕聲帶笑『噯』了一聲喝阻，又向他丟了個眼色。

他這樣咄咄逼人，趙玨只覺得是醋意，想必恩娟常提起她。

他們就快出國了，當然有許多事要料理。她只略坐了坐，也還是他們輕聲說點自己的事。

回到家裏，跟她姨媽講起來，她姨媽從前在她家裏見到恩娟，也跟她母親一樣沒口子稱讚，現在卻搖頭笑道：『這股子少年得意的勁受不了！』

趙玨笑了，覺得十分意外。她還以爲是她自己妒忌。

她們沒再見面，也沒通信。直到共產黨來了以後，趙玨離開大陸前才去找恩娟的父親，要她的地址。

還是那家義肢店，櫥窗也還是那幾件陳列品。她父親也不見老，不過更胖些禿些，像個花和尚『胖大賊禿』，橫眉豎眼的，提起恩娟卻眉花眼笑道：『恩娟現在眞好了！弟弟妹妹都接出去了，也都結婚了。汴家裏人去得更早。』給她的地址是西北部一個大學，不知是不是教書。

趙玨出了大陸寫信去，打聽去美國的事。恩娟回信非常盡職而有距離，趙玨後來到了美國就沒去找她。汴是在那大學讀博士，所以當時只有恩娟一個人做事。

這次通訊後，過了十廿年趙玨才又寫信給恩娟。原因之一，是剛巧住在這文化首都，又是專供講師院士住的一座大樓，多少稱得上清貴。萱望回大陸了，此地租約期滿後她得要搬家。要托恩娟找事，不如趁現在有這體面的住址。——萱望大概也覺得從此地『回歸』比較有面子。她不肯跟他一塊回去，他當然也不能一個錢都不留給她。不過他在台灣還有一大家子人靠他養活，一點積蓄都做了安家費。她目前生活雖然不成問題，不要等到山窮水盡，更沒臉去找人家。她跟萱望分居那時候在華府，手裏一個錢都沒有，沒有學位又無法找事，那時候也知道恩娟也在華府，始終也沒去找她。

她信上只說想找個小事，托恩娟替她留心，不忙。沒說見面的話。現在境遇懸殊，見不見面不在她。

恩娟的回信只有這一句有點刺目：『不見面總不行的。』顯然以爲她怕見她，妒富愧貧。

她又去信說：『我可以乘飛機到華府來，談一兩個鐘頭就回去。再不然你如果路過，彎到這裏來也是一樣。在這裏過夜也方便，有兩間房，床也現成。』

這幾年跟著萱望東跑西跑，坐飛機倒是家常便飯了。他找事，往往乘系主任到外地開會，在芝加哥換機，就在俄海機場約談，兩便。

隔了些時，恩娟來信說月底路過，來看她，不過要帶著小女兒。時代週刊上那篇特寫提起過他們有四個孩子，一男三女。

趙玨當然表示歡迎，心裏不免想著，是否要有個第三者在場，怕她萬一哭訴？

臨時又打長途電話約定時間。

那天中午，公寓門上極輕的剝啄兩聲。她一開門，眼前一亮，恩娟穿著件艷綠的連衫裙，翩然走進來，笑著摟了她一下。名牌服裝就是這樣，通體熨貼，毫不使人覺得這顏色四五十歲的人穿著是否太嬌了。看看也至多三十幾歲，不過像美國多數的闊人，晒成深濃的日光色，面頰像薑黃的皮製品。頭髮極簡單的朝裏捲。

趙玨還沒開口，恩娟見她臉上驚艷的神氣，先自笑了。

趙玨笑道：『你跟從前重慶回來的時候完全一樣。』顯然沒有再胖過。

向她身後張了張。『小女兒呢？在車上？』末了聲音一低。也許不應當問。臨時決定不下車？

她也只咕嚕了一聲，趙玨沒聽清楚，就沒再問，也猜著車子一定開走了。本地沒有機場；以她的地位，長程決不會自己開車，而司機在此間是奢侈品，不是熟人不便提的。她來，決不會讓汽車停在大門口，司機坐在車上等著，像擺闊。

『喝咖啡？』倒了兩杯來。『汴好？』也只能帶笑輕聲一提，不是眞問，她也不會眞回答。

她四面看看，見是一間相當大的起坐間兼臥室，凸出的窗戶有古風；因笑道：

『你不是說有兩間房？』

『本來有兩間，最近這層樓上空出這一間房的公寓，我就搬了過來。』

恩娟不確定的『哦』了一聲，那笑容依舊將信將疑。

趙玨感到困惑。倒像是騙她來過夜——為什麼？還是騙她有兩間房，有多餘的床，結果只好一床睡覺，徹夜長談？不過是這樣？一時鬧不清楚，只覺得十分曖昧，又急又氣，竟沒想到指出信上說過公寓門牌號碼現在是五〇七，不是五〇二了。

還是恩娟換了話題，喝著咖啡笑道：『現在男人頭髮長了，你覺得怎麼樣？』

趙玨笑道：『不贊成。』

這樣守舊，恩娟有點不好意思的咕噥了一聲：『難道還是要後頭完全推平了？』

也沒再說什麼。

趙玨也不便解釋她認為男人腦後髮腳下那塊地方可愛，正如日本人認為女人脖子背後性感，務必搽得雪白粉嫩露在和服領口外。男人即使頭髮不太長，短髮也蓋過髮腳，尤其是中國人直頭髮，整個是中年婦人留的『鴨屁股』。

她跟恩娟說國語。自從到北京跑單幫，國語也道地了。其實上次見面已經這樣，但是恩娟忽然抱怨道：

『怎麼你口音完全變了？好像完全是另外一個人。』末句聲音一低，半自言自語，像個不耐煩得快要哭出來的小孩。

趙玨心裏很感動，但是仍舊笑道：『我從前的話不會說了，從家裏跑出來就沒機會說了，連我姨媽的口音都兩樣。』

恩娟想了想，似乎也覺得還近情理。

『要不然我們就說上海話。』

恩娟搖搖頭。

趙玨笑道：『我每次看見茱娣霍麗黛都想起你。』

恩娟在想這已故的喜劇演員的狀貌——胖胖的，黃頭髮，歌喉也不怎麼——顯然不大高興。

趙玨還是記得她從前胖的時候，因又解釋道：『我是想你「玉臂作怪」那些。』

恩娟只說了聲『哦噢喲！』上海話，等於『還提那些陳穀子爛芝蔴！』

『此地不用開車，可以走了去的飯館子只有一家好的，』趙玨說，『也都是冷盆。擠得不得了，要排班等著。』讓現在的恩娟排長龍！『所以我昨天晚上到那兒去買了些回來，也許你願意馬馬虎虎就在家裏吃飯。』

她當然表同意。

公寓有現成的傢俱，一張八角橡木桌倒是個古董，沉重的石瓶形獨腳柱，擦得黃澄澄的，只是桌面有裂痕。趙玨不喜歡用桌布，放倒一隻大圓鏡子做桌面，大小正合式。正中舖一窄條印花細蔴布，芥末黃地子上印了隻橙紅的魚。萱望的烟灰盤子多，有一隻是個簡單的玻璃碟子，裝了水擱在鏡子上，水面浮著朵黃玫瑰。上午擺桌子的時候不禁想起鏡花水月。

他們沒有孩子，他當然失望。她心深處總覺得他走也是爲了擺脫她。

她從冰箱裏搬出裝拼盆的長磁盤，擱在那條紅魚圖案上。洋山芋沙拉也是那家買的，還是原來的紙盒，沒裝碗。免得恩娟對她的手藝沒信心。又倒了兩杯葡萄牙雪瑞酒，比上不足比下有餘。

沒有桌布，恩娟看了一眼，見鏡面纖塵不染，方拿起刀叉。

一面吃，恩娟笑道：『怎麼回大陸了？』

趙玨笑道：『萱望沒過過共產黨來了之後的日子，剛來他已經出國了。他家在台灣，也只回去過兩次。我也難得跟他講大陸的事，他從來不談這些。』

又道：『現在美國左派時髦，學生老是問他中共的事，他爲自己打算，至少要中立客觀的口氣。也許是「行爲論」的心理，裝什麼就是什麼，總有一天相信了自己的話。』

她沒說他有自卑感。他教中文，比教中國文學的低一級。教中文，又是一口江西國語。中共有原子彈，有自卑感的人最得意。

恩娟笑道：『你倒還好，撐得住，沒神經崩潰。』

趙玨笑道：『也是因爲前兩年已經分居過。那時候他私生活很糟。也是現在學生的風氣，不然也沒有那麼些機會。』

她不便多說。恩娟總有個把女兒正是進大學的年齡。

那時候在東北部一個小大學城。剛到，他第一要緊把汽車開去修理。她剛打開行李理東西，發現缺兩件必需品，看手錶才五點半，藥房還沒關門。只好步行，其實公寓離大街並不遠，不過陌生的路總覺得遠些。

買了東西回來，一過了大街滿目荒涼，狹窄的公路兩旁都是田野，天黑了也沒有路燈，又沒個路牌廣告牌作標誌，竟迷了路。車輛又稀少，半天才馳過一輛拖鞋式沒後跟的卡車，也沒攔截得住。

正心慌意亂，迎面來了一大群男女學生，有了救星，忙上前問路。向來美國人自己說逢到問路，他們的毛病在瞎指導，決不肯說不知道。何況大學城裏，陌生人不是學生就是教職員或是家屬，都不是外人。這些青年卻都不作聲，昏暗中也看得出臉色有保留，彷彿帶三分尷尬，兩分不願招惹的神氣。趙玨十分詫異，只得放慢了腳步跟著走，再去問後面的人，專揀女孩子問，也都待理不理，意意思思的。

這兩年因爲越戰與反戰，年青人無論什麼態度也都不足爲奇了。她又是個東方人，也許越共之外的東方人他們都恨。她心裏這樣想著，也沒辦法，只好姑且跟著走，腳下緊一陣慢一陣，希望碰上個話多的，或者走到有人烟的地方。他們多數空著手，也有的揹著郵袋式書包，裏面露出熱水瓶之類。奇怪的是他們自己也不交談——還是因爲她在這裏？多年前收到赫素容的信，一度憧憬篝火晚會，倒在天涯海角碰上了，可眞不是滋味。

前面有個樹林子，黑暗中依稀只見一棵棵很高的灰白色樹幹。鄰近加拿大，北國的新秋，天一黑就有點寒烟漠漠起來。她覺得不對，越走越遠了。把心一橫，終於返身往回走，不一會，已經離開了那沉默的隊伍。

一個人瞎摸著，半晌，大街才又在望。

這次總算找到了回家的路。

次日坎波教授來訪，萱望來這裏是他經手的，房子也是他代找的。

『昨天我從藥房走回來，迷了路，天又黑了，』趙玨笑著告訴他。『幸而遇見一大群學生，問路他們也不知道，我只好跟著走，快走到樹林子那兒才覺得不像，又往回走。』

坎波教授陡然變色。

趙玨也就明白了，他們是去集體野合的。當然不見得是無遮大會，大概還是一對一對，在黑暗中各據一棵樹下。也許她本來也就有點疑心，不過不肯相信。

『我應當去買隻電筒。』她笑著說。

坎波教授笑道：『這是個好主意。』

萱望咕噥了一聲：『有——乾電池用光了。』

坎波隨即談起現在學生的性的革命。顯然他剛才不是怕她撞破這件事，驚慌的是她險些被捲入，給強姦了鬧出事故來。

『我們那時候也還不是這樣。』他笑著說。他不過三十幾歲，這話是說他比他們倆小，他的大學時代比較晚。其實萱望先在國內做了幾年事，三十來歲才來美國找補了幾年苦學生的生活。

坎波又道：『現在這些女孩長得美的，受到的壓力一定非常大。』

他只顧憐香惜玉，只知其一，不知其二。萱望瘦小漂亮，本就看不出四十多了，美國人又總是說看不出東方人的歲數。他英文發音不好，所以緘默異常。這樣纖巧神祕的東方人，在小城裏更有艷異之感。

女生有關於中共的問題，想學吹簫、功夫以及柔道空手道，都來找他！夫婦倆先當笑話講。迄今他們過的都是隔離的生活，過兩年從一個小大學城搬到另一個小大學城，與師生與本地人都極少接觸，在趙玨看來是延長的蜜月。忽然成了紅人，起初連她都很得意。選修中文，往往由於對中共抱著幻想，因此都知道〈東方紅〉這支歌。有個高材生替老師取了個綽號叫東方紅。

趙玨在汽車門上的口袋裏發現一條尼龍比基尼襯袴，透明的，繡著小藍花——毋忘我花，偏偏忘了穿上。

以後她坐上車就噁心。

『人家不當椿事，我也不當椿事，你又何必認真？』他說。言外之意是隨鄉入鄉，有便宜可撿，不撿白不撿了。

後來就是那沁娣。

人是天生多妻主義的，人也是天生一夫一妻的。

即使她受得了，也什麼都變了，與前不同了。

趙玨笑道：『他回大陸大概也是贖罪。因爲那陣子生活太糜爛了，想回去吃苦

「建國」。』過飽之後感到幻滅是眞的，連帶的看不起美國，她想。

她又從冰箱裏取出一盅蛋奶凍子，用碟子端了來道：『我不知道你小女兒是不是什麼都吃，這我想總能吃。也是那家買的。』

恩娟很盡責的替女兒吃了。她顯然用不著節食減肥。

她看了看錶道：『我坐地道火車走。』

『我送你到車站。』

『住在兩個地方就是這樣，見面難。』

『也沒什麼，我可以乘飛機來兩個鐘頭就走，你帶我看看你們房子，一定非常好。』

恩娟淡淡的笑道：『你想是嗎？』這句話似乎是英文翻譯過來的，用在這裏不大得當，簡直費解。反正不是說『你想我們的房子一定好？』而較近『你想你會特爲乘飛機來這麼一會？』來了就不會走了。

這是第二次不相信她的話。她已經不再驚異了。當然是司徒華『下了話』——當時她就想到華府中國人的圈子小，司徒華一定會到處去講她多麼落魄。人窮了就隨便說句話都要找舖保。這還是她從小的知己朋友。

她離開萱望之後到華府去，因爲聽見說國務院的傳譯員只有中日俄法德意西班牙葡萄牙阿拉伯九種語言，此外的小國都是僱散工，可能條件寬些，上了他們的名單就好了。她從前跟崔相逸學的高麗話很流利，文字也看得懂。找到國務院語文服務科，由中文傳譯員司徒華接見。後來她聽說有人說科長是做情報工作的，此地不過掛個名。司徒華老資格了，差不多的公事都由他代拆代行。

她在華盛頓混了些時，等候下一屆傳譯員考試。去臨時秘書介紹所領了些文件來打，司徒華又介紹一個翻譯中心，試驗及格後常有幾頁中文韓文發下來，不過報酬既少，又嚴禁本人送譯稿去，對這些難民避之若浼，她覺得有點侮辱性。

這次考傳譯員她考得成績不錯，登記備用。剛巧此後不久就有個宴會，招待韓國官員。女傳譯員要像女賓一樣穿夜禮服，是個難題。東方婦女矮小的在美國本就買不到衣服，連美國女人裏面算矮小的都只能穿得老實點，新妍的時裝都沒有她們的尺寸。趙玨只好揀男童衣褲中最不花稍的。晚宴不能穿長袴，她又向不穿旗袍。定做夜禮服不但來不及，也做不起。

她去買了幾尺碧紗，對折了一折，胡亂縫上一道直線——她補襪子都是利用指甲油——人鑽進這圓筒，左肩上打了個結，袒露右肩。長袍從一隻肩膀上斜掛下來，自然而然通身都是希臘風的衣褶。左邊開衩，不然邁不開步。

又買了點大紅尼龍小紡做襯裙，仿照馬來紗籠，袒肩紮在胸背上。乳房不夠大，怕滑下來，綁得緊些就是了。朱碧掩映，成爲赭色，又似有若無一層金色的霧，與她有點憔悴的臉與依然稚弱的身材也配稱。

鞋倒容易買，廉價部的鞋都是特大特小的。買的高跟鞋雖然不太時式，顏色也不大對，好在長裙曳地，也看不清楚，下襬根本沒縫過。

這身裝束在那相當隆重的場合不但看著順眼，還很引人注目。以後再有這種事，再買幾尺青紗或是黑紗，儘可能翻行頭。襯裙現成。

每次派到工作，一百元一天，雖然不會常有，加上打字，譯點零件，該可以勉強夠過了。這次宴會司徒華也在座，此後不久打電話來，約她出來一趟，有件事告訴她。

他開車來接她。『到什麼地方去坐坐，吃點東西。』

『不用了，吃晚飯還早，不餓。』

他很像醜小鴨時代的她，不過胖些，有肚子——比蟑螂短些的甲蟲。

『你這件大衣非常好看。』他夾著英文說。

她也隨口說了聲英文『謝謝你』，拿它當外國人例有的讚美。但是出自他的口中，她就疑心他看見過這件大衣，知道是舊衣服，自己改的。寬博的霜毛炭灰燈籠袖大衣，她把鈕子挪了挪，成為斜襟，腰身就小得多。

車開到中心區，近國會山莊，停下來等綠燈。

『找個咖啡館坐坐，好說話。』

『不用了，就停在這兒不好嗎？不是一樣說話？』

安全島旁邊停滿了汽車，不過都是空車。他躊躇了一下，也就開過去，擠進它們的行列。

在鬧市泊車，總沒什麼瓜田李下的嫌疑。

華府特有的發紫的嫩藍天，傍晚也還是一樣瑩潔。遠景也是華府特有的，後期古典式白色建築上，淺翠綠的銅銹圓頂。車如流水，正是最擠的時辰。黑鐵電燈桿上端低垂的弧線十分柔和，高枝上點著並蒂街燈。

他告訴她科長可能外調。如果他補了缺，可以薦她當中文傳譯員。

『不過不知道你可預備在華盛頓待下去？有沒有計劃？紐漢浦夏有信來？』

萱望在紐漢浦夏州教書。

她笑了笑。『信是有。我反正只要現在這事還在，我總在華盛頓。能當上正式的職員當然更好了。』

她靠後坐著，並不冷，兩隻手深深的插在大衣袋裏。

他是結了婚的人，她覺得他也不一定是看上了她，不過是掂她的斤兩。

她不禁心中冷笑，但是隨即極力排除反感，免得給他覺得了，不犯著結怨，只帶點微笑看街景，一念不生。

在狹小的空間內的沉默中，比較容易知道對方有沒有意思。汽車又低矮，他這輛車又小。

坐了一會，他就說：『好，那以後有確定的消息我再通知你。』就送她回去了。

恩娟在說：『我倒想帶小女兒到法國去住，在巴黎她可以學芭蕾舞。我也想學法文。』

這神氣倒像是要分居。

當然現在的政界，離婚已經不是政治自殺了。合夥做生意無論怎樣成功，也可能有拆夥的一天。

趙珏沒說『你怎麼走得開？』免得像刺探他們的私事。『法國是好，一樣一個東西，就是永遠比別處好一點。』

『不過他們現在一般人生活苦。』

『無論怎麼苦，我想他們總有辦法過得好一點。』她吃過法國菜的酒燜兔肉，像紅燒雞。兔子繁殖得最快。

恩娟要走了，她穿上外套陪她出去，笑道：『你認識司徒華？他知道我認識你？』

恩娟只含糊漫應著。

趙珏笑道：『你不知道，眞可笑，有一次國務院招待中國韓國的代表團，做一次請。韓國的演說是我翻譯。輪到中國人演講，這位代表一口江西官話，不大好懂，英文倒聽得懂，一聽司徒華給他翻得太簡略，有些又錯了，一著急把江西話也急出來了。司徒華只好不開口，僵在那裏。剛巧我聽萱望跟他的同鄉說話，江西話有點懂，演說又比較文，總是那幾句轆兒，所以聽懂了，就擠過去替他翻譯。他心定了些，就又講起國語來。司徒華已經坐下了，我就替他翻譯下去，到講完爲止。那天我們那科長也去了，後來叫我去見他。司徒華在隔壁，一直站在玻璃槅子旁邊理書桌上的東西。也許談了有二十分鐘，他一直就沒坐下。我當然說話留神，可是後來沒多少時候，科長調走了，還是好久沒派我差使。陰曆年三十晚上司徒華打電話來，說他們有個韓國人翻譯韓國話了，觸我的霉頭。』

恩娟聽了嘖嘖有聲，皺眉咕噥道：『怎麼這樣的？』

那回大年三十晚上，趙珏在電話上笑道：『當然應當的——只要看那些會說中國話的外國人，會錯在再也想不到的地方。』

他聽了彷彿很意外。至少這一點她可以自慰。

她這裏離校園與市中心廣場都近在咫尺。在馬路上走著，恩娟忽道：『那汪嫱在紐約，還是很闊。』說著一笑。

汪嫱是上海日據時代的名交際花。這話的弦外之音是人家至少落下一大筆錢。

趙玨不大愛惜名聲，甚至於因爲醜小鴨時期過長，恨不得有點艷史給人家去講。但是出自恩娟口中，這話仍舊十分刺耳。把她當什麼人了？

實在想不出話來說，她只似笑非笑的沒接口。

『姨媽沒出來？』恩娟跟著她叫姨媽。

『沒有。你父親有信沒有？』

恩娟黯然道：『我父親給紅衛兵打死了。他都八十多歲了。』

這種事無法勸慰，趙玨只得說：『至少他晚年非常得意，說恩娟現在好得不得了，講起來那高興的神氣——』

但是這當然也就是他的死因——有幾個兒女在美國，女兒又這樣轟轟烈烈、飛黃騰達。死得這樣慘，趙玨覺得抵補不了，說到末了聲音微弱起來，縮住了口。

恩娟銳利的看了她一眼，以爲她心虛。雖然這話她一出大陸寫信來的時候就已經說過，還是以爲是她編造出來的，借花獻佛拍馬屁。也許因爲他們父女一向感情不好，不相信他眞是把女兒的成就引以爲榮。

這是第三次不信她的話。不知道爲什麼這次特別刺心。

在地道火車入口處拾級而下，到月台上站著，她開始擔憂臨別還要不要擁抱如儀。

『儀貞夫婦倆都教書。現在不知道怎麼樣了。我走也沒跟她說。』倒聯想到一個安全的話題。

恩娟道：『芷琪也沒出來。』

提起來趙玨才想起來，聽儀貞說過，芷琪的男人把她母親的錢都花光了。

『嫁了她哥哥那朋友，那人不好，』恩娟喃喃的說。她扮了個恨毒的鬼臉。『都是她哥哥。』又沉著嗓子拖長了聲音鄭重道：『她那麼聰明，眞可惜了。』說著幾乎淚下。

趙玨自己也不懂爲什麼這麼震動。難道她一直不知道恩娟喜歡芷琪？芷琪不是鬧同性戀愛的人——就算是同性戀，時至今日，尤其在美國，還有什麼好駭異的？何況是她們從前那種天眞的單戀。

她沒作聲。提起了芷琪，她始終默無一言，恩娟大概當她猶有餘妒——當然是作爲朋友來看。

火車轟隆轟隆轟隆進站了，這才知道她剛才過慮得可笑。恩娟笑著輕鬆的摟了她一下，笑容略帶諷刺或者開玩笑的意味，上車去了。

一個多月後恩娟寄了張聖誕卡來，在空白上寫道：

『那次晤談非常愉快。講起我帶小女兒到法國去，汴倒去了。她在此地也進了芭蕾舞校。祝近好——

『恩娟』

『愉快』！

不過是隨手寫的，受了人家款待之後例有的一句話。但是『愉快』二字就是卡住她喉嚨，自己再也說不出口。她寄了張賀年片去，在空白上寫道：

『恩娟，

那天回去一切都好？我在新聞週刊上看見汴去巴黎開會的消息，恐怕來不及回來過聖誕節了？此外想必都好。家裏都好？

玨』

從此她們斷了音訊。她在賀年片上寫那兩行字的時候就知道的。

不知從什麼時候起，她也明白了，她爲什麼駭異恩娟對芷琪一往情深。戰後她在兆豐公園碰見赫素容，一個人推著個嬰兒的皮篷車，穿著蔥白旗袍——以前最後一次見面也是穿白——戴著無邊眼鏡，但是還是從前那樣，頭髮也還是很短，不過乳房更大了，也太低，使她想起芷琪說的，當時覺得粗俗不堪的一句話：『給男人拉長了的。』

隔得相當遠，沒打招呼，但是她知道赫素容也看見了她。她完全漠然。固然那時候收到那封信已經非常反感，但是那與淡漠不同。與男子戀愛過了才沖洗得乾乾淨淨，一點痕跡都不留。

難道恩娟一輩子都沒戀愛過？

是的。她不是不忠於丈夫的人。

趙珏不禁聯想到聽見甘迺迪總統遇刺的消息那天。午後一時左右在無線電上聽到總統中彈，兩三點鐘才又報導總統已死。她正在水槽上洗盤碗，腦子裏聽見自己的聲音在說：

『甘迺迪死了。我還活著，即使不過在洗碗。』

是最原始的安慰。是一隻粗糙的手的撫慰，有點隔靴搔癢，覺都不覺得。但還是到心裏去，因爲是眞話。

但是後來有一次，她在時代週刊上看見恩娟在總統的遊艇赤杉號上的照片，剛上船，微呵著腰跟鏡頭外的什麼人招呼，依舊是小臉大酒渦，不過面頰瘦長了些，東方色彩的髮型，一邊一個大辮子盤成放大的丫髻——當然辮子是假髮——那雲泥之感還是當頭一棒，夠她受的。

散文二帙

四十而不惑

皇冠紀念四十週年，編者來信要我寫個祝福的小故事。我想來想去沒有。最初聽到祝福這件事，是聖經上雅各的哥哥必須要老父祝福他，才有長子繼承權，能得到全部家產。父親對子女有祝福的威權，詛咒也一樣有效。中國人的『善頌善禱』就只是說吉利話希望應驗。我從前看魯迅的小說《祝福》就一直不大懂為什麼叫『祝福』。祭祖不能讓寡婦祥林嫂上前幫忙——晦氣。這不過是負面的影響。祭祀祈求祖宗保佑，也只能暗中保佑，沒有祝福的儀式。

西方現在也只有開玩笑地或是老太太們表示感謝，輕飄地說聲『上帝保佑！』或是『保佑你！』從來不好意思說整句的『上帝保佑你。』

中國人倒是說『四十而不惑。』西方人也說『生命在四十歲開始。』不老也還是要『不惑』才禁得起風險。世變方殷，變得越來越快。皇冠單憑它磨練出的眼光也會在轉瞬滄海桑田間找到它自己的路，走向更廣闊的地平線。

一九八八至——？

老華僑稱洛杉磯爲羅省。羅省也就是洛杉，同是音譯，不過略去『磯』字。不知道的人看了還當是州名——路易西安納州，簡稱羅省？這城市的確是面積特別大，雖然沒大得成省。是有名的『汽車聖城麥加』，汽車最新型，最多最普遍，人人都有，因此公共汽車辦得特別壞，郊區又還更不如市區。這小衛星城的大街上，公車站冷冷清清，等上半個多鐘頭也一個人都沒有。向公車來路引領佇望，視野只限這一塊天地，上有雄渾起伏的山岡，溫暖乾燥的南加州四季常青的黃綠色，映在淡灰藍的下午的天空上。在這離城較遠的山谷裏，山上還沒什麼房子，樹叢裏看不見近郊滿山星棋羅布的小白房子。就光是那高臥的大山，通體一色，微黃的蒼綠，以及山背後不很藍的藍天。第一批西班牙人登陸的時候見到的空山，大概也就是這樣。

山腳下有兩個陸橋，一上一下，同是兩道白色水泥橫欄。白底白條紋的橋身成爲最醒目的伸展台，展示縮小了的汽車，遠看速度也減低了，不快不慢地一一滑過去，小巧玲瓏的玩具汽車，花紅柳綠，間有今年新出的雅淡的金屬品顏色，暗銀，暗紅，褪淡了的軍用罐頭茶褐色。拖車，半客半貨車，活動住屋，滿載汽車的雙層大塌車，最新的貨櫃車，車身像紙糊的，後門開關只裝一條拉鍊，後影像一隻軟白塑膠掛衣袋。旅行車前部上端高翹著突出的遊覽窗，像犀牛角又像高捲的象鼻。大貨櫃車最多，把橋闌干一比比得更矮了，攔擋不住，一隻隻大白盒子搖搖欲墜，像要跌下橋來。

兩座陸橋下地勢漸趨平坦。兩座老黃色二層樓房，還是舊式棕色油漆木窗櫺，圈出一塊L形空地。幾棵大樹下停著一輛舊卡車。泥地上堆著一堆不知什麼東西，上蓋到處有售的軍用橄欖綠油布。這裏似乎還是比較睡沉沉的三〇、四〇年間，時間與空間都不大値錢的時代。

山上山下橋下，三個橫幅界限分明，平行懸掛，三個截然不同的時期，像考古學家掘出的時間的斷層。上層是古代；中下層卻又次序顚倒，由現代又跳回到幾十年前。

再往下看就是大街了，極寬闊的瀝青路，兩邊的店舖卻都是平房或是低矮的樓房，太不合比例，使人覺得異樣，彷彿大路兩旁下塌，像有一種高高墳起的黃土古道，一邊一條乾溝，無端地予人荒涼破敗之感。

都是些傢俱店、窗簾店、門窗店、玩具店、地板磚店、浴缸店。顯然這是所謂『宿舍城』，又稱『臥室社區』，都是因為市區治安太壞，拖兒帶女搬來的人，不免裝修新屋，天天遠道開車上城工作，只回來睡覺。也許由於『慢成長』環保運動，延緩開發，店面全都灰撲撲的，掛著保守性的黑地金字招牌，似都是老店。一個個門可羅雀。行人道上人踪全無，偶有一個胖胖的女店員出去買了速食與冷飲，雙手捧回來，大白天也像是自知犯了宵禁，鬼頭鬼腦匆匆往裏一鑽。

簡直是個空城，除了街上往來車輛川流不息——就是沒有公車。公車站牌下有隻長櫈，椅背的綠漆板上白粉筆大書：

Wee and Dee

1988——?

（『魏與狄，一九八八至——？』）英文有個女孩的名字叫狄，但是這裏的『狄』與魏或衛並列，該是中國人的姓。在這百無聊賴的時候忽然看見中國人的筆跡，分外眼明。國語『魏』或『衛』的拼法與此處的有點不同，想必這是華僑。華僑姓名有些拼音很特別，是照閩粵方言。狄也許是戴，魏或衛也可能是另一個更普通常見的姓氏，完全意想不到的。聽說東南亞難民很多住在這一帶山谷的，不知道爲什麼揀這房租特別貴些的地段。當然難民也分等級，不過公車乘客大概總是沒錢的囉。

到處都有人在牆上、電線桿上寫：『但尼愛黛碧』，或是『埃迪與秀麗』，兩個名字外面畫一顆心。向來到處塗抹的都是男孩。連中國自古以來的『某某到此一遊』，與代表二次大戰所有的海外美國兵的『吉若義到過這裏（Gilroy was here）』，也都是男性的手筆。在這長櫈上題字的是魏先生無疑了，如果是姓魏的話。『魏與戴』，顯然與一顆心內的『埃迪與秀麗』同一格式，不過東方人比較拘謹，不好意思，心就免了。但是東方人，尤其是中國人，寫這個的倒還從來沒見過。大概也是等車等得實在不耐煩了，老是面向馬路的一端——左顧右盼一分神，公車偏就會乘人一個眼不見，飛馳而過，儘管平時笨重狼犺，像有些大胖子有時候卻又行動快捷得出人意表——雖說山城風景好，久看也單調乏味，加上異鄉特有的一種枯淡，而且打工怕遲到，越急時間越顯得長，久候只感到時間的重壓，一切都視而不見，聽而不聞，更沉悶得要發瘋，才會無聊得摸出口袋裏從英文補習班黑板下揀來的一截粉筆，吐露出心事：

『魏與戴

一九八八至——？』

寫於墓碑上的『亨利．培肯，一九二三至一九七九』，帶著苦笑。亂世兒女，他鄉邂逅故鄉人，知道將來怎樣？要看各人的境遇了。

一般彼此稱呼都是用他們的英文名字，強尼埃迪海倫安妮。倒不用名字而用姓，彷彿比較冷淡客觀。也許因爲名字太像那些『但尼愛黛碧』，以及一顆心內的『埃迪與秀麗』，作爲赤裸裸的自我表白，似嫌藏頭露尾。不過用名字還可以不認賬，華人的姓，熟人一望而知是誰，不怕同鄉笑話！這小城鎮地方小，同鄉又特別多。但是他這時候什麼都不管了。一絲尖銳的痛苦在惘惘中迅即消失。一把小刀戳進街景的三層蛋糕，插在那裏沒切下去。太乾燥的大蛋糕，上層還是從前西班牙人初見的淡藍的天空，黃黃的青山長在，中層兩條高速公路架在陸橋上，下層卻又倒回到幾十年前，三代同堂，各不相擾，相視無覩。三個廣闊的橫條，一個割裂銀幕的彩色旅遊默片，也沒配音，在一個蝕本的博覽會的一角悄沒聲地放映，也沒人看。

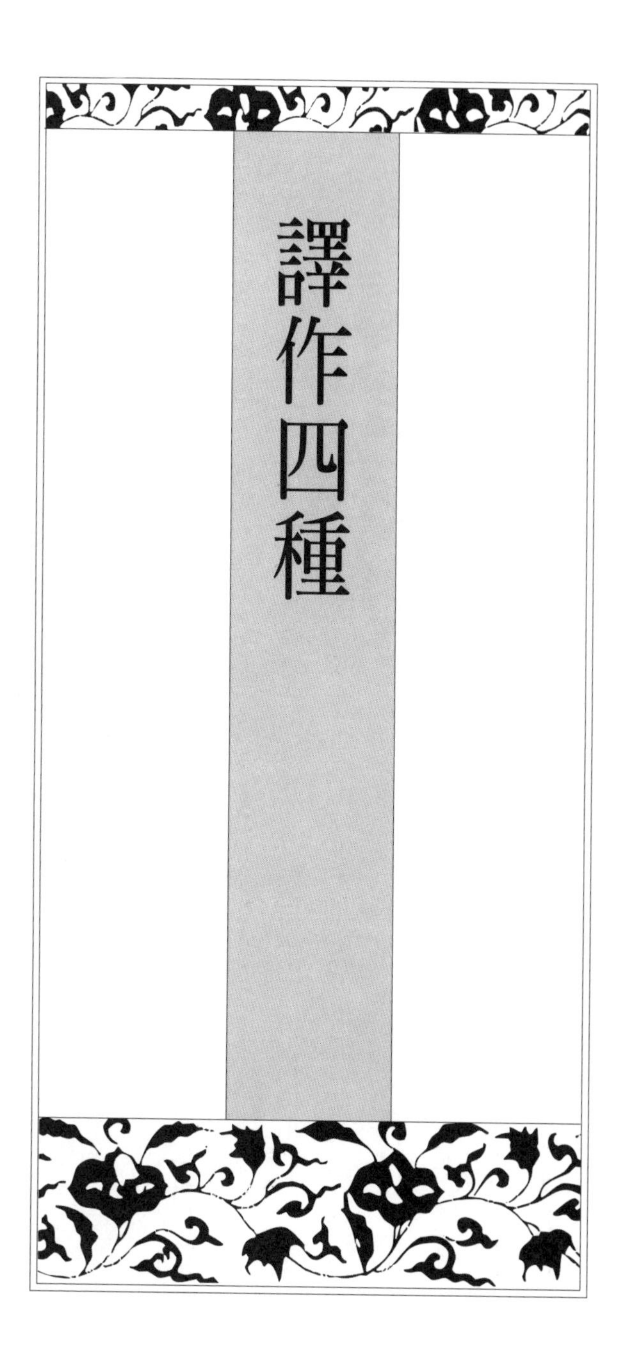

譯作四種

無頭騎士

赫德遜河東岸有許多寬闊的小港；內中有一個港口環抱著一個小鎮，也可以說是一個鄉間小碼頭。河道在這裏突然放寬了，被古代荷蘭航海家稱爲『大板湖』，他們航行到這裏，總是謹愼地把船帆收短些，渡河的時候總祈求聖尼可拉保佑他們。這小鎮，有人稱它爲格林斯堡，但是它比較通行比較正式的名字是『流連城』。聽說這還是從前那時候，近鄉的好主婦們給它取了的名字，因爲她們的丈夫在趕集的日子總是在鎮上的酒店裏流連忘返。雖然有這一說，我並不敢保證確是如此，我不過白提這麼一聲，爲了要這篇記載絕對精確可靠。離這座村子不遠，也許有二里之遙，有一個小山谷，其實也就是高山之間的一塊盆地，這是全世界最幽靜的境地之一。一條小河平滑地穿過這塊盆地，流水的喃喃細語正夠催人入睡；還有就除非偶爾聽見一聲鵪鶉叫，像吹哨子似的，或是一隻啄木鳥嗒嗒作聲啄著樹幹，此外幾乎從來沒有別的什麼聲響打破那一致性的平靜。

我記得我小時候第一次獵松鼠，是在那山谷的一邊的一個核桃樹林裏，高樹參天，濃蔭匝地。我在正午信步走入林中，那時候整個的自然界都是特安靜。我嚇了一跳，聽見我自己的獵鎗轟然吼了一聲，打破了四周的安息日的寂靜，憤怒的迴聲震盪不已，把那鎗聲延續下去。萬一有一天我想退隱，想溜到哪裏去躲開這世界與人世間的煩惱，靜靜地在夢中度過殘生，我不知道有比這小谷更好的地方了。

這地方是那樣安閒得近於無精打彩，此地的居民是最初的荷蘭籍移民的後裔，他們又具有一種特殊的性格，所以這幽僻的山谷一直有『瞌睡窩』之號，這裏的田舍郎在附近一帶也被稱爲『瞌睡窩兒郎』。彷彿有一種沉沉的睡意籠罩在地面上，朦朧如夢，連大氣裏都充滿了這種氣質。有人說這地方在移民初期被一個德國北部的醫生施魔法鎮住了；又有人說在赫德遜發現這地域之前，有一個老印第安酋長，是他那一個部落的先知或是神巫，他總在這裏舉行會議。這地方確是仍舊被某種巫魔的法力所統治著。當地的人民精神上受了它的蠱惑，使他們永遠惘惘若夢地走來走去。他們喜歡相信各種神奇的傳說；他們時常靈魂出竅，時常看見幻景；又常常看見異象，聽見空中的音樂與語聲。整個這一個地帶都有許多地方性的傳說，有鬼的所在，以及神秘朦朧的迷信；這山谷裏發現流星與彗星的次數，比國內任何地方都要多；噩夢的女妖，也最愛在這裏興風作浪。

然而在這被迷蠱的地區內，神通最廣大的一個精靈卻是一個騎在馬上的無頭鬼。他似乎是一切空中的鬼神的總司令。有人說他是一個德國赫斯騎兵，在革命戰爭期間一個無名的戰役中被砲彈打掉了腦袋；所以從此以後，永遠被鄉下人看見他在幽暗的夜中匆匆掠過，彷彿御風而行。他出沒的所在不僅限於這山谷內，有時候還伸展到附近的大路上，尤其是離這裏不遠的一個教堂附近。此地有些最可靠的歷史學家——他們曾經謹慎地收集整理一切流傳著的與這鬼有關的事實——他們堅持著說這騎兵的身體葬在教堂外的墳場裏，所以他的鬼魂每夜從這裏出發，馳騁到戰場上去找他的頭顱；有時候他像午夜的狂風一樣，疾馳著經過瞌睡窩，那是因爲他耽擱得太久，急於在天明前趕回墳場。

這流傳已久的迷信，內容大致如此。他曾經供給許多材料，在這鬼影幢幢的地區製造出許多荒誕的故事；鄉下人圍爐夜話的時候，都稱這鬼怪爲『瞌睡窩的無頭騎士』。

我曾經提起此地的居民常會見神見鬼，但是這並不限於這山谷的居民，任何人只要在這裏住過一個時期，就會染上這種傾向——這確是很奇怪。他們進入這瞌睡沉沉的區域之前，不管怎樣清醒，不久就必定會吸入空氣中的魔魘影響，開始變得幻想力豐富起來——做上許多夢，又看見鬼魂顯形。

我對於這安靜的一隅地是滿口讚美，不遺餘力，因爲在這種隱僻的山谷裏，人口、禮儀、習俗都是固定不移的——廣大的紐約州裏偶爾點綴著幾個這一類的山谷，是荷蘭人聚居之地——而同時在這營營擾擾的國土上，移民與進化的洪流在別處不斷地引起各種變化；時代的潮流在它們旁邊衝過，它們卻視若無睹。它們像湍急的溪流邊緣上的小小的死水潭；我們可以看見稻草與水泡安靜地浮在那水面上，拋了錨，或是停在潭邊的冒牌港口裏，徐徐旋轉著，潮水流經這裏，也並不攪擾他們。我在瞌睡窩的睡昏昏的樹蔭裏走過，雖然已經是多年前的事了，但是我疑心那裏仍舊是那幾棵樹，那幾家人家，在瞌睡窩的蔭庇下度著單調慵懶的生活。

在這自然界裏天生的僻壤中，在美國歷史上的一個遠古時期——那就是說，約在三十年前——曾經有一個可敬的人住在這裏，名叫夷查博．克雷恩；他是爲了教學，所以居留在瞌睡窩——照他自己說來，是『流連』在這裏。他是康涅狄格人；那一州出了許多開墾先鋒，獻給國家，不但開拓森林，而且開啓人們的性靈，每天大批遣出邊地的伐木人與鄉村教師。這人姓克雷恩，克雷恩的意義是『鶴』，他這人也的確是有點像一隻鶴。他身材高，而非常瘦，狹窄的肩膀，長臂長腿，一雙手吊在袖子外面一里之遙，腳可以用來做鏟子，全身骨骼都是極鬆弛地連在一起，吊兒郎當。他的頭很小，頭頂平坦，耳朵非常大，綠玻璃似的大眼睛，鷸鳥喙似的長鼻子，因此他的頭像一隻風信雞，高棲在他細長的頸項上，彷彿在那裏辨別風向。在刮大風的日子，你如果看見他大踏步在小山的側面上走著，他的衣服被風吹得膨脹起來，在他周身上下飄舞著，你也許會把他當作旱魃下降世間，或是田野裏逃出來的一個稻草人。

他的學校是一座低矮的房屋，只有一間大房間，粗陋地用木材築成；窗戶一部份裝配著玻璃，一部份裱糊著習字簿的紙張，塡補窟窿。空關著的時候，鎖閉門窗的方法非常巧妙，把一根堅韌的樹枝扭曲著拴在門鈕上，再把幾根木樁停在百葉窗上：這樣，如果來了賊，進來雖然非常容易，出去卻有點感到爲難，建築師約斯·范·胡頓想出這主意，大概是襲用了捕鱔魚的籠子的妙處。這學校建築在一個頗爲荒涼的地方，但是風景悅人，正在一個樹木濃密的小山腳下，附近有一個小河，校舍的一端生著一棵威猛的樺樹。在一個睡昏昏的夏天的下午，你可以聽見他的學生們的聲音，低低地喃喃誦讀著功課，像蜂巢裏嗡嗡的嗚聲；時而岔入教師的權威的聲音，恐嚇地，或是命令地；或是也許岔入那樺木棍子的可怖的響聲，他在那裏鞭策一個偷懶的學生，催促他走上繁花夾道的治學途徑，說老實話，他是一個有良心的人，他永遠記得那句至理名言：『不動棍子，寵壞孩子。』夷查博．克雷恩的學生確是沒有被寵壞。

但是我並不要讀者想像他是那種殘酷的學校首長，樂於讓他們治下的臣民受笞楚；恰巧相反，他懲治不法之徒，嚴明而並不嚴厲；減輕弱者的負擔，加在強者身上。那種弱小的孩子，只消把棍子揮舞一下就會使他畏縮起來，那就寬大地放過他；但同時也不能循私枉法，就加倍處罰另一個堅強執拗的衣裾寬大的小荷蘭頑童，這種孩子挨了樺木棒就憤懣起來，氣鼓鼓地，變得固執而陰鬱。這一切他統稱爲『向他們的父母盡責』，從來沒有一次行刑後不告訴那孩子，『你將來一定會記得這件事，只要你活在世上一天，你就會感謝我。』那痛楚的頑童聽到這話該覺得很安慰。

學校散課以後，他甚至於和大些的孩子們作伴遊玩；在休假的下午他伴送有些小些的孩子們回去，那些孩子們恰巧有美麗的姊姊，或者他們的母親是好主婦，以善於烹飪馳名。他和他的學生們親善，的確是於他有利。學校的進項很少，每天供給他吃麵包都不大夠，因爲他食量奇大，雖然身材瘦長，卻像一條蟒蛇一樣伸縮自如，可以吞下極大的東西；爲了貼補他的生活費，當地農民依照這一帶的鄉風，凡是有孩子跟他唸書的人家都輪流供給他的膳宿。他逐次在每家住一星期，在附近這地段不停地兜圈子，他現世的一切動產都包在一條布手帕裏。

他這些東翁都是莊稼人，出不起錢的，他們不免認爲教育費是一項嚴重的負擔，認爲教師不過是懶漢，於是他想出許多方法來使他自己有用而又討人歡喜。他有時候幫助農民做他們農場上較輕的工作；幫他們製乾草；補籬笆；牽馬去飲水；把牛從牧場上趕回來；劈柴，冬天用來生火。同時他也把他在學校裏的威儀與絕對的統治權都收了起來；學校是他的小帝國，但是出了校門，他變得出奇地溫柔，善伺人意。他愛撫孩子們，尤其是那最年幼的一個，因此母親們都喜歡他；他像古時候那隻勇敢的獅子，寬宏大量地讓一隻羔羊支配牠，他會抱著個孩子坐在他一隻膝蓋上，用另一隻腳推動一隻搖籃，一搖搖好幾個鐘頭。

除了他的種種天職之外，他還是這一個地段的歌唱教師，教授年輕人唱聖詩的藝術，賺了不少雪亮的銀幣。每星期日率領著他選出的歌詠團，站在教堂的樓廂前面，那是他極感到沾沾自喜的一件事；在他自己看來，他完全把牧師的勝利搶了去了。他的喉嚨也的確是遠比任何別的做禮拜的人更爲響徹雲霄；至今仍舊有人聽見那教堂裏有一種奇異的顫抖的喉音，並且遇到一個寂靜的星期日上午，連半英里外都聽得見，簡直在磨坊塘的對岸還聽得見。人家說那怪聲是從夷查博．克雷恩的鼻子裏一脈相承，遺傳下來的。於是那可敬的腐儒想出種種的小打算，湊付著度日——他那種巧思也就是普通所謂『不擇手段』——日子倒也過得還不錯。那些不明白腦力勞動的甘苦的人，都還以爲他逍遙自在，生活得非常舒適。

在鄉間的女人圈子裏，大都認爲一位教師是一個相當重要的人；她們把他當作一種有閒階級的紳士型人物，他的鑒別力與才學遠勝那些粗鄙的田舍郎，她們甚至於覺得他的學問僅比牧師稍遜一籌。所以他每次在一個農家出現，正值下午用點心的時候，座間總會起了一陣小小的騷動，還會添上一碟額外的蛋糕或是糖果，或者也許還會拿出一隻銀茶壺來，讓它露一露臉。因此一切村姑見到我們這位文士，無不笑臉相迎，使他感到異樣地快樂。星期日連做幾次禮拜，中間休息的時候，他在教堂外的墳場上周旋於她們之間，多麼出人頭地！替她們採葡萄——附近的樹上爬滿了野葡萄藤；把墓碑上的一切銘誌朗誦給她們聽，逗她們笑；或是陪伴著整隊的姑娘們，在附近的磨坊塘的岸上散步；而那些比較怕羞的鄉下佬羞怯地躊躇不前，都妒忌他那超群的文雅與他優美的辭令。

因爲他過著半流浪的生活，他也就是一種逐戶換閱的新聞紙，把地方上的閒言閒語整批地從這家帶到那家；所以他一出現，誰都表示歡迎。而且他被婦女們當作一個偉大的學者，十分敬重他，因爲他曾經從頭至尾看過好幾本書，而且他熟讀哥頓．馬塞所著的新英蘭巫術史——他極堅定地強烈地信仰那本書。

事實是，他很有一點小聰明，而又腦筋簡單，輕信人言，兩種個性奇異地混合在一起。他對於怪力亂神的無饜的要求，與他吸收消化它的能力，都是同樣地高人一等；而他住在這被迷蠱的地區，更加助長了他這兩種機能。從來沒有一個故事他認為太粗俗可怕，難以置信。他常常喜歡在下午放學後躺在濃密的三葉草叢中，在小河邊——那小河嚶嚶哭泣著在他的學校旁邊流過——他在那裏研讀老馬塞的那些恐怖故事，直到暮色蒼茫，使那印出的書頁在他眼前變成一片昏霧。然後他穿過沼澤與溪流與可怕的樹林，回到他暫時棲身的那一家農家；一路行來，在這魅人的黃昏裏，自然界的每一種聲音都使他的興奮的幻想力顫動起來；山坡上的怪鴟的哀鳴；預知暴風雨的樹蟾蜍，發出牠那不祥的叫聲；尖叫的貓頭鷹的淒涼的鳴聲，或是樹叢中忽然息息率率響著，鳥雀從巢中驚飛出來。螢火蟲在最黑暗的地方閃閃發光，最是奕奕有神，有時候有一隻特別亮的流螢穿過他前面的途徑，也把他嚇一跳；如果恰巧有一隻大傻瓜硬殼蟲亂衝亂撞飛到他身上來，那可憐的教書匠簡直要吓死了，以爲他被一個女巫的信物打中了他。他在這種時候，要想淹沒他那些恐怖的思想，或是想驅逐妖邪，惟一的辦法就是唱出聖詩的曲調，瞌睡窩的善良的居民在晚間坐在門口，常常感到悚然，因爲聽見他那帶鼻音的歌聲，『甜蜜的音韻連鎖著聲聲慢，』從遠山上飄浮過來，或是沿著那黃昏的道路上飄來。

他這種恐怖性的愉悅還有另一種來源；和那些荷蘭老婦人一同度過悠長的冬夜，那時候她們在火爐邊紡織羊毛，壁爐前面列著一排蘋果，烤得畢畢剝剝響；他聽她們說那些神奇的故事，關於鬼魅妖魔，鬧鬼的田野，鬧鬼的小河，鬧鬼的橋，鬧鬼的房屋，尤其是關於那無頭騎士——她們有時候稱他爲『瞌睡窩跑馬的赫斯騎兵』。她們也同樣地愛聽他所說的巫術的軼事，以及康涅狄格州往年常有的可怕的預兆，空中的不祥的異象與聲音；他又根據彗星與流星占斷未來，把她們嚇得半死；又告訴她們那件驚人的事實——這世界絕對是在旋轉著，她們有一半的時候是顚倒豎著！

當時確是愉快的，安逸地蜷伏在爐邊的角落裏，輕聲爆炸著的木柴燃起的火焰，把那整個的房間映成一片紅光，當然沒有鬼敢在這裏露面。但是這愉快的代價很昂貴，得要以他歸途上的恐怖作爲代價。在雪夜的幽暗可怖的白光中，有多麼可怕的形體與陰影攔著他的路！——遠處的窗戶裏的燈光穿過荒田射過來，他多麼戀戀地望著那每一絲顫抖的光線！——他多少次被一棵蓋滿了雪的矮樹嚇一大跳，它像一個披著被單的鬼，攔住他的去路！——他多少次聽見自己的腳步聲踏在雪上那一層冰凍的硬殼上，嚇得縮成一團，血液都凝凍起來；而且不敢回頭看，怕他會看見一個什麼怪物，緊跟在他後面走著！——他多少次被樹間呼號著的一陣狂風刮得他六神無主，以爲它是那『跑馬的赫騎斯兵』夜間四出掃蕩！

然而這一切只是夜間的恐怖，心中的幽靈，只在黑暗中行走；雖然他這一輩子也曾經看見過許多鬼怪，而且在他孤獨的旅程中，也曾經被魔鬼化身爲各種形體纏繞過他，不只一次，然而一到白晝，這些凶邪就都消滅了；雖然世間有魔鬼作惡多端，他仍舊可能很愉快地度過這一生，要不是遇見了一個比任何鬼怪與天下一切女巫都更使人感到困惑的東西——女人。

每星期聚集一次跟他學習歌唱的學生之中，有一個卡忒麗娜·范·泰瑟，一個殷實的荷蘭農民的獨養女兒。她是一個芳齡十八的少女，一朵花正開著；像一隻鷓鴣一樣豐滿；像她父親種出的桃子一樣成熟，酥融，腮頰紅艷；她遠近馳名，不但是爲了她的美麗，而且爲了她可以承襲到巨大的遺產。然而她又還有點賣弄風情，就連她那一身打扮上也可以看得出來，她的衣服是古代與現代的時裝熔爲一爐，那最能襯托出她的美點。她戴著黃澄澄的純金飾物，那是她的高祖母從薩爾丹姆帶來的；她穿著古式的誘惑性的緊身肚兜；而同時又穿著一條挑撥性的短襯裙，炫示四鄉最俏麗的一雙腳與腳踝。

夷查博·克雷恩對女性一向心又軟又痴；這樣富於誘惑性的一塊天鵝肉不久就被他看中了，這本來也是意中事；尤其是他到她家裏去訪問過她以後，更加著迷起來。

那老頭子鮑爾弍斯·范·泰瑟是一個最典型的興旺的滿足的慷慨的農人。他確是很少看到或是想到自己農場外的事；但是在他的農場內，一切都是妥貼，快樂，情形良好。他對於他的財富很感滿意，但是並不認爲這是他值得自傲的；他以他豐饒富足的生活自誇，而並不講究排場。他的堡壘位置在赫德遜河上，荷蘭農民都喜歡窩藏在河邊這種綠蔭中的肥沃的角落裏。一棵大榆樹伸展著它寬闊的枝幹，蔭蔽著那房屋；在它腳下咕嚕咕嚕湧出一股泉水，再清再甜也沒有，從一個木桶製成的小井裏冒出來；然後那泉水悄悄地從草叢中閃閃發光溜過去，流入附近一條小河，那條河在赤楊與矮柳樹叢中泡滾滾地流著。緊接著那莊屋就是一座巨大的穀倉，大得夠做一個教堂；那穀倉裏裝滿了農場上的寶藏，擠得每一個窗戶與罅隙都彷彿要爆裂開來了；打麥的連枷從早忙到晚，在穀倉中發出震盪的迴響；燕子吱吱喳喳在簷下掠過；一排排的鴿子在屋頂上晒太陽，有的抬起一隻眼睛來彷彿在察看天色，有的把頭藏在翅膀下面，或是埋在胸脯裏，此外也有些在那裏挺胸疊肚充胖子，咕咕叫著鞠著躬，在牠們太太跟前轉來轉去。肥滑的遲重的豬隻在安靜的食料豐富的豬圈裏咕噥著；時而有一隊隊的乳豬從豬圈裏衝出來，彷彿要嗅一嗅外面的空氣。一個鄰近的池塘裏浮著一隊莊嚴的雪白的鵝，護送著大隊的鴨子；整隊的火雞在農場裏咯咯叫著到處跑，珠雞煩躁地在農場中轉來轉去，發出牠們悻悻的不滿的叫聲，像脾氣壞的主婦們。壯麗的雄雞在穀倉的門前來回踱著，牠是一個典型丈夫，一個武士，一個高貴的紳士，牠拍著牠光亮的翅膀，傲然地滿心歡喜地長啼著——也有時候用牠的腳刨開土地，然後慷慨地把牠永遠吃不飽的妻子兒女喚過來，分享牠發掘出來的美味。

那腐儒直咽唾沫，眼看著這些東西一到了冬天都是豐美的菜餚。在他那貪饞的心目中，每一隻可供燒烤的豬跑來跑去，都是肚子裏嵌著一隻布丁，嘴裏啣著一隻蘋果；一隻隻鴿子都被安置在一隻舒適的酥餅裏，睡得伏伏貼貼，蓋著一層酥皮被單；鵝都在牠們自己的湯汁裏游泳著；鴨子都安逸地在盤子裏成雙作對，像親熱的夫妻一樣，而且生活無憂，洋蔥醬汁非常富裕。他一看見豬，就看見將來割下來的滑潤的半邊鹹肉，腴美多汁的火腿；在他眼中沒有一隻火雞不是精緻地綑紮起來燒熟了，牠的肫塞在翅膀底下，或者牠還戴著一圈美味的香腸作爲項圈；就連華美的公雞也仰天躺著，作爲席上的添菜，高舉著兩隻爪子，彷彿渴想進天堂，他活著的時候富於武士精神，是不屑於請求進天堂的。

欣喜欲狂的夷查博幻想著這一切，他又轉動著他的大綠眼珠，望著范·泰瑟的溫暖的家宅周圍的肥沃的草原，豐沃的麥田，裸麥田，蕎麥田，玉蜀黍田，結著沉重的紅紅的果子的果園；這時候他的一顆心渴慕著那行將繼承這些土地的姑娘；越往下想，他的幻想越發擴大起來，土地隨時可以換成現錢，再把那錢投資在無邊的大塊荒地上，在荒野中建造一座座卵石宮殿。不但如此，他的忙碌的幻想已經實現了他的希望，讓他看見那花朵似的卡忒麗娜，帶著一大家子的孩子，高踞在一輛貨車的頂巔，車上裝滿了各種家用的廢物，鍋鑊水壺都吊在下面；他又看見自己騎在一匹牝馬上緩緩走著，後面跟著一匹小馬，向肯德基或是田納西出發，或是天曉得什麼地方。

他走進那座房屋的時候，他的心完全被征服了。這房子是那種寬闊的莊屋，屋脊高聳，但是屋頂低低地傾斜下來，那還是最初的荷蘭移民遺傳下來的風格；低低的突出的屋簷在前面造成一帶走廊，天氣壞的時候可以關起來。屋簷下面掛著連耞，馬具，各種農具，以及漁網，可以在附近的河裏打魚。走廊兩邊築著一條條的長櫈，以備暑天使用；走廊的一端有一隻大紡車，另一端又有一隻攪乳器，表示這重要的走廊可以派多少用場。滿心驚奇的夷查博穿過走廊，走進大廳，那是這座宅第的中心，也是日常起居之所。這裏有一排排華美的錫蠟器皿，排列在一隻長櫃上，看得他眼花撩亂。室隅站著碩大無朋的一口袋羊毛，隨時可紡；另一個角落裏又堆著許多夾蔴的毛織物，剛織出來的；一隻隻玉蜀黍穗子，成串的風乾蘋果，風乾桃子，像艷麗的彩紙條一樣掛在牆上，夾襯著鮮明耀眼的紅辣椒；有一扇門開著，可以讓他窺見最精緻的一間客室，裏面的椅子腿上都生著爪子，還有那些深暗的桃花心木桌子，桌椅都亮晶晶的像鏡子一樣；許多熨斗，各有各的鏟子與火鉗，上面蓋著一層蘆筍梢子，但是依舊掩不住那些鐵器的光輝；爐台上點綴著一些假橘子與貝殼；一串串五顏六色的鳥蛋吊在爐台上面；一隻大鴕鳥蛋從屋頂正中掛下來，室隅的一隻碗櫥故意開著，炫示著裏面的鉅額的寶藏、古舊的銀器與修補得很好的磁器。

夷查博一眼看見這些悅人的境界，從此就心猿意馬起來，一心鑽研的就是怎樣使范・泰瑟的這位出類拔萃的千金愛上他。但是他幹這件工作，實際上的困難很多，比古代的遊俠所遇到的困難還要多：俠客除了和巨人妖人火龍之類的不堪一擊的敵人戰鬥，此外很少有什麼別的麻煩；他僅只需要通過一層層的鐵門，銅門，堅石的牆，走到堡壘的塔裏——他的心上人禁閉在塔裏；他完成這一切，就像一刀切到一隻聖誕蛋糕的中心一樣地容易；然後那位淑女當然答應嫁給他。而夷查博卻需要贏得一個賣弄風情的村姑的芳心，她的心思曲曲折折千變萬化，每每忽作奇想，而又反覆無常，永遠造成新的困難與阻礙；他又還得要對付整大批的可怕的敵人，這些人不比神話裏面的怪物，乃是眞正的血肉之軀，是那許多愛慕她的鄉下人，他們圍困著她的每一扇心扉；彼此警惕地憤怒地互相監視著，但是一有任何新的競爭者出現，大家立即聯合起來爲一個共同的目標而戰鬥。

在這些人之間，最可畏的是一個魁梧叫囂的豪爽的漢子，名叫亞伯拉罕，或是根據荷蘭文簡稱爲伯朗姆．范．布倫忒；這人是四鄉聞名的英雄，大家爭說他的神力與勇敢。他闊肩膀，雙料的筋骨，短短的黑色鬈髮，一張平闊的臉，相貌倒並不討厭，帶有一種諧謔與倨傲混合在一起的神情。他因爲軀幹奇偉，膂力過人，得到了一個『伯朗姆．健骨』的綽號，大家都用這名字稱呼他。他以騎術著名，因爲他在馬上像韃靼人一樣敏捷。他在賽馬與鬥雞的時候永遠佔先；在農村生活裏，體力優秀能夠贏得崇高的地位，因此他是一切爭論的評判人，他歪戴著帽子，宣判的時候那種神情與口吻都表示絕對不能再抗辯或是哀求。他隨時準備著打一架或是找樂子；但是若論他的本心，卻是惡作劇的成份居多，而並沒有多少歹意；他雖然粗魯得盛氣凌人，心底裏很有一點詼諧的和藹可親的氣質。他有三四個愉快的友伴，他們把他當作一個模範人物看待，他率領他們南征北討，周圍若干里內每次發生械鬥或是取樂的事，總有他們在場。天氣冷的時候，他與眾不同，戴著一頂皮帽子，帽頂綴著一隻狐狸尾巴，揚揚自得；在鄉間任何集會裏，人們遠遠瞭見他帽子上那一簇著名的翎毛在一隊疾馳的人馬之間甩來甩去，大家都站在一邊，提防要出亂子。有時候大家聽見他那一群人在午夜飛奔著掠過那些莊屋，大呼小叫，像一隊哥薩克騎兵；老婦人們從睡夢中驚醒，凝神聽了一會，等那一陣急遽的蹄聲得得過去了，方才喊出聲來，『噯，又是伯朗姆·健骨他們那一幫人！』鄰人們對他的態度是畏懼與欽佩友善兼而有之；如果附近出了什麼胡鬧的惡作劇事件，或是粗野的爭吵，他們總是搖搖頭，說他們可以担保伯朗姆·健骨是幕後人。

這野性難馴的英雄久已揀中了花朵似的卡忒麗娜作爲他的粗魯的求愛對象；雖然他的談戀愛有點像一隻熊的溫存愛撫，但是大家背後竊竊私議，說他並沒有絕對叫他死了這條心。他的進攻確是一種信號，使敵對的候選人知難而退，如果他們不想阻撓一隻獅子的戀愛，觸怒了獅子；甚至於大家只要在星期日晚上看見他的馬拴在范・泰瑟的馬樁上，那是一個確切的標誌，表示馬主人是在裏面求愛——用土話來說，是在獻勤兒——別的求婚者就都絕望地走開了，轉移作戰陣地。

這就是夷查博・克雷恩需要對付的情場勁敵；從各方面看來，即使是一個比他強壯的人，一定也會臨陣退縮，一個比他聰明的人一定會絕望了。然而他的天性裏幸而有一種柔韌與百折不撓的混合質；他的外貌與精神都像一隻韌木手杖——柔軟但是堅韌；他能屈能伸，從來不折斷；他在最微小的壓力下就屈服了，但是壓力一挪開——他猛然一掣，又直豎了起來，依舊昂然自得。

與他的情敵公開作戰是瘋狂的；因爲那人是絕對不肯在戀愛上受挫折的，正如那暴烈的戀人艾契里斯，那古希臘英雄。因此夷查博用一種安靜的方式進攻，溫柔地曲意奉承。他利用歌唱教師的身份作爲掩蔽，時常到那莊屋裏去；其實他並不必怕她父母多管閒事，橫加阻撓——一般父母往往是戀人的途徑中的障礙。飽爾忒斯・范・泰瑟是一個隨和的寬大的人；他愛他的女兒更甚於他的烟斗，而他又是個有理性的人，一個極好的父親，所以他一切都讓她自作主張。他那善於持家的矮小的妻子也夠忙的，只顧得操持家務，經管飼養雞鴨，因爲她曾經說過一句至理名言：鴨子與鵝是愚蠢的東西，非得照管牠們不可，但是女孩子們能夠照應她們自己。於是一方面那主婦在屋子裏忙到東忙到西，或是在走廊的一端紡羊毛，那老實人鮑爾忒斯就在另一端坐著吸他晚上的一袋烟，看著穀倉的尖頂上那一個木製小兵的戰績，那小木人手執雙刀，極勇敢地在那裏與風搏鬥。同時夷查博就在那裏向他們女兒求愛，在大榆樹下的泉水邊，或是在黃昏中散步，那黃昏時刻是有利於戀人的口才的。

我承認我不知道怎樣求取與贏得女人的心。在我看來，女人的心永遠是謎一樣的令人驚嘆的東西。有的心彷彿只有一個弱點，也可以說是一扇門，通到內心；而又有些心有一千條路，可以用一千種不同的方法攻下它。佔領前一種，是一個偉大的技巧上的勝利，但是如果能守住後一種，那更能證明這人的將才，因爲他必須在每一扇門窗後面作戰，保衛他的堡壘。因此，一個人能夠贏得一千個普通的心，他應當稍稍有點聲望；但是一個人能夠絕對佔領一個賣弄風情的女人的心，那他眞是一個英雄。那可敬畏的伯朗姆．健骨確實是並沒有做到這一點；而且自從夷查博．克雷恩開始進攻，他顯然減低了興趣；在星期日晚間，人們不再看見他的馬拴在馬樁上；他與瞌睡窩的教師之間漸漸結下了不共戴天之仇。

伯朗姆的天性裏多少會有一些粗魯的騎士風，他很願意將這件事發展到公開戰鬥，依照那些思想極簡單而扼要的古代遊俠的方式，以單人的比武解決這問題，看他們誰有權利向這位淑女求婚；但是夷查博知道他的敵人的體力遠在他之上，知道得太清楚了，自然不肯走進校場和他比武：他曾經聽見伯朗姆．健骨向別人誇下大口，說他要『把那教師四馬攢蹄捆起來，把他擱在他自己學校裏的書架上；』他十分留心，不給他一個機會。這種倔強的和平主義非常惹人生氣；伯朗姆沒有辦法，只好把他性格中的村野的諧謔成份發揮出來，以粗鄙的惡作劇戲弄他的情敵。於是健骨與他那一幫騎快馬的黨羽將夷查博作爲他們迫害的對象，種種迫害的方式想入非非。他們騷擾他那迄今都很平靜的領土；堵塞他的烟囪，薰跑了他的唱詩班；夜間衝入校舍，不管他怎樣固若金湯，用樹枝閂著門，木椿頂著窗戶，進去了就把一切東西都掀翻在地：使那可憐的教師開始想著這地段的一切女巫都在他那裏聚會。但是更使他著惱的是伯朗姆利用一切機會當著他的愛人取笑他，伯朗姆有一隻惡狗，他教會牠帶著最滑稽的神氣哀號，當眾介紹牠是夷查博的同行，可以教他唱聖詩。

事情就這樣繼續下去，過了若干時日，也並沒有切實影響到這兩大敵對勢力的地位的優劣。在一個晴朗的秋天的下午，夷查博悄然若有所思，他正在他那張高腳櫈上高坐堂皇，他通常總是坐在這裏監視著他那小小的藝文的國土。他手裏拿著一隻戒尺，那是代表他的無上權威的王杖；代表正義的樺木棒橫架在三隻釘上，在寶座後面，使爲非作歹的人永遠膽戰心驚；而他面前的書桌上又擱著各種走私輸入的物件與違禁的器械，在懶惰的頑童身上抄出來的；例如咬剩下一半的蘋果，氣鎗，地黃牛之類的玩具，蒼蠅籠，與整隊的猖獗的紙製小鬥雞。看些情形，一定最近曾經施行過可怕的刑罰，因爲他的學生們全都忙碌地專心一志讀書，或是狡猾地在書本後面竊竊私語，一隻眼睛望著師長；整個的教室是在一種嗡嗡響著的寂靜下。一個黑人突然出現，打斷了這靜默，這人穿著一身粗蔴布衣袴，戴著個圓頂的破帽子，像麥居禮神的帽子一樣，騎著一匹毛髮毿毿野性半馴的小馬，他用一根繩子勒著馬，代替韁繩。他蹄聲得得騎到校門前，邀請夷查博參加今天晚上在范．泰瑟老爺宅裏舉行的一個作樂的集會，又叫做『打麥耍子』；他帶著莊嚴的神氣，極力採用優美的辭句——黑人被派出去當這種小差使，往往喜歡咬文嚼字——把口信帶到之後，就衝過小河，大家看見他奔竄著馳上瞌睡窩的斜坡，儼然是負著重要而又緊急的使命。

那下午的安靜的教室裏現在亂成一片，人聲嗡嗡。教師催促學生們快點做完功課，一口氣讀下去，並不爲了一點細故就停頓下來；伶俐的學生跳掉一半，也並不受責罰，遲鈍的時而在屁股上挨一棍子，催他們快些，或是幫助他們讀出一個艱深的字眼。書本隨手亂抛，並不放到書架上去，墨水瓶也倒翻了，板櫈也推倒了，全校學生在平日下課時間前一小時就放了學，像大隊的小鬼一樣衝了出去，在綠色的草坪上尖聲叫囂著，因爲提早獲釋，感到喜悅。

雅好修飾的夷查博現在至少多費了半小時裝扮他自己，刷了刷他最好的一套銹黯的黑衣服——也就是他惟一的一套——使它煥然一新，然後對著校舍裡掛著的一小塊破鏡子整容。他要在他的愛人面前以眞正的騎士風格出現，所以他向他住的這家人家借了一匹馬——他住在一個脾氣暴躁的老荷蘭農民家裏，這人名叫漢斯·范·李帕——於是他英武地騎在馬上出發，像一個俠士出遊，尋找冒險的經驗。但是我想，我本著眞正的傳奇故事的精神，應當描寫一下我的英雄與他的坐騎的狀貌與配備。他胯下的這頭畜生是一隻病廢的犂田的馬，牠活到這年紀，幾乎什麼都不剩下了，就光剩下牠的惡毒。牠瘦脊而毛髮蓬鬆，頸項像牝羊，頭像一隻釘鎚；牠那銹澀的馬鬃與馬尾都虬結成一片，毛上絆著些有刺的果子，打了許多結。一隻眼睛已經沒有瞳人了，狠狠地瞪著，鬼氣森森；而且另一隻眼睛卻還有一個眞正的惡魔的妖光。但是牠當年想必一定是熱情的，勇敢的，不然牠怎麼會得到『火藥』這名字——除非名字完全不足信。事實是，牠曾經是牠主人最心愛的一匹馬，那脾氣暴躁的范．李帕是一個喜歡騎快馬的人，大約這畜生經過他的陶融，也吸收了些他這種氣魄；因爲牠雖然這樣老邁龍鍾，當地任何小牝馬都沒有牠會掏壞。

夷查博騎這樣的馬恰配身份。他的鞍蹬太短，把他的膝蓋高高地拉了上去，幾乎與鞍頭齊平；他的尖銳的兩肘像螳螂似地戳出來；他把鞭子垂直線地握在手裏，像國王手裏的寶杖似的；他的馬緩緩地一路行來，他兩隻手臂一動一動，頗有點像鼓翼。一頂小呢帽壓在他鼻子的上端，因爲他那窄窄的一條額角只能稱爲『鼻子的上端』；他的黑色的大衣的底幅幾乎飄到馬尾上。這就是夷查博與他的坐騎蹣跚出走范．李帕家大門的時候的姿態，簡直是青天白日少鬼的活鬼現形。

我曾經說過這是一個晴和的秋日，天色清朗平靜，大自然穿上了它那華麗的金色制服，那光澤是永遠使人聯想到豐收的。樹林已經穿上它們嚴肅的棕色黃色的衣裳，而有些較嬌嫩的樹已經被霜染成橙黃，紫色，與赤紅。飛翔的雁行開始在高空中出現；人們可以聽到山毛櫸與胡桃樹林中發出松鼠的吠聲；附近割過了麥只剩下麥根的田野裏，時而發出鵪鶉的憂傷的呼嘯。

小鳥們在那裏享用牠們臨別的盛宴。牠們在極度的狂歡中吱吱喳喳嬉戲地從一棵灌木飛到另一棵灌木上，又從一棵樹飛到另一棵樹上，反覆無常，由於四周的食物既豐富又花樣繁多。其中有那老實的雄知更鳥，少年獵人最愛打這種鳥，牠的鳴聲響亮而含有一種怨懟的意味；還有那吱吱叫著的山鳥，成群飛著像一片片的黑雲；還有那金色翅膀的啄木鳥，頭上一叢深紅色翎毛，寬闊的黑色護喉甲，華美的羽毛；還有那西洋杉鳥，翅膀梢子是紅色的，尾巴梢子是黃色的，頭上一簇羽毛像一個小便帽；還有那藍色的堅鳥，那喧囂的花花公子，穿著他那明快的淡藍色外衣與白色襯衣；尖聲叫著，喋喋不休，連連點頭，搖搖擺擺鞠著躬，假裝和樹林中每一個歌唱家都十分親睦。

夷查博一面緩緩前進，他那雙眼睛向來是時刻留心一切食物豐富的徵象，放眼望去，歡悅的秋天充滿了各種寶藏，使他非常愉快。前後左右他都看見大量的蘋果；有的沉甸甸地豐饒地掛在樹上；有的已經採了下來裝在籃子裏，大筐裏，預備運到市場上去賣；有的堆成一大堆一大堆，預備榨蘋果酒。再往前面走，他看見整大片的玉蜀黍田，在葉子的掩蔽下露出金色的珍珠米穗子，無異於允許他將來可以吃到蛋糕與特快布丁；黃黃的南瓜，仰天躺在玉蜀黍下面，它們美麗的圓滾滾的肚子晒在太陽裏——眼見得可以吃到最精美的南瓜酥餅；他隨即又經過那芳香的蕎麥田，嗅到蜂巢的氣息，他看到這些東西，心頭就暗暗浮起一種溫柔的期望，想到精緻的煎餅，抹上許多牛油，再由卡忒麗娜．范．泰瑟的有酒渦的小手加上蜂蜜或是糖漿。

於是他一面望梅止渴，畫餅充飢；一面沿著山坡前進，從這一帶山嶺上望出去，可以看到偉大的赫德遜河上一部份最好的風景畫面。『大板湖』寬闊的水面躺在那裏一動也不動，像玻璃一樣，除了偶爾有幾處在那裏輕柔地波動著，拉長了遠山的藍色倒影。寥寥幾朵琥珀色的雲在天空中浮著，沒有一點風絲吹動它們。地平線是一種精緻的金色，漸漸化為一種純潔的蘋果綠，然後再變成天宇正中的深藍。沿河有幾個懸崖，一線斜陽還逗留在那樹木茂密的崖巔，使崖身石壁的暗灰色與紫色更為深沉。一隻單桅船在遠處流連著，隨著晚潮徐徐順流而下，船帆毫無用處，挨著桅竿拖垂著；天空亮瑩瑩地倒映在靜止的水中，那隻船就像是懸掛在半空中一樣。

已經快到晚上了，夷查博方才抵達范．泰瑟先生的堡壘，他發現那裏擠滿了四鄉最優秀最出眾的士女。年老的農人——他們自成一個種族，一律是乾瘦的，臉像皮革，穿著自織的粗呢外衣與袴子，藍色襪子，碩大無朋的鞋子，華美的錫蠟扣子。他們的敏捷憔悴矮小的太太們，戴著密密打著皺襇的帽子，腰部束得細長，而袍身很短，裏面穿著自織粗呢的襯裙，外面吊著剪刀，針墊，與鮮艷的花布口袋。豐腴的姑娘們，幾乎與她們的母親一樣地古色古香，除了偶爾有一頂草帽，一根精緻的緞帶，或是也許一件白色衣服，露出一些受過都市文明薰染的跡象。兒子們穿著短的方形下襬的大衣，下面釘著一行行龐大驚人的黃銅鈕子，他們的頭髮大都是依照當時的習尚打著辮子，要是他們能夠得到一張鱔魚皮來束住頭髮，那更是非打辮子不可，因爲在這一帶地方大家都認爲鱔魚皮最有滋養頭髮的功用。

然而伯朗姆·健骨是這一個場面上最出色的人物，他騎著他最心愛的一匹馬『大無畏』，這畜生也和他自己一樣，充滿了勇氣與淘氣勁兒，除了他誰也管束不住牠。事實是，他是出了名的喜歡劣馬，要那馬專愛使壞，使那騎牠的人永遠冒著生命的危險，因爲他認爲一匹馴良的經過充分訓練的馬配不上一個好男兒。

本書主角走進范·泰瑟宅第裏莊嚴的客室的時候，他狂喜的眼光中驟然看到的那迷人的世界，我很樂意多費一點篇幅描寫它。我並不是指那些姑娘們的美貌，那成群結隊的豐腴的姑娘們，妖艷地炫示她們紅紅白白的臉龐；我所要描寫的是一桌道地的荷蘭鄉下茶點，在一年中最富裕的秋季。那樣一碟碟堆得老高的蛋糕，各種各樣，幾乎無法形容，只有經驗豐富的荷蘭主婦們才曉得是什麼！這裏有那種結實的油煎小甜餅，較柔軟的油餅，迸脆的酥鬆的煎餅；甜蛋糕與油鬆餅，薑汁餅與蜂蜜餅，與世界上所有一切的糕餅。然後又有蘋果酥餅，桃子酥餅，南瓜酥餅；還有一片片的火腿與燻牛肉；而且還有一碟碟的美味的醃漬梅子，桃子，梨，海棠果；至於炙鯡魚，烤雞，那更不用提了；再加上一碗碗的牛奶與奶油，全都亂七八糟擱在一起，也就有點像我剛才報出它們的名字一樣地雜亂無章。而又有那母性的茶壺在這一切之間冒出一陣陣的熱氣——天哪，我說的實在太不成話！我如果要討論這一席盛筵，必須要用上很大的篇幅與許多時間，才對得住它，而我太性急了，要想把我這故事繼續說下去。幸而夷查博·克雷恩不像他的作傳者一樣匆忙，他飽嚐每一樣美味，決不辜負它。

他是一個和善的傢伙，很容易心滿意足感恩戴德，他肚子裏裝滿了佳餚，他的心就跟著膨脹起來；他一吃了東西就高興起來，像有些人喝了酒一樣。同時他一面吃著，忍不住把他的大眼睛向席上四面觀看，格格地笑著，心裏想他可能有一天成爲這裏的主人，操縱這奢華富麗得幾乎不能想像的場面。到了那時候，他想，他立刻脫離那老古董學校；將漢斯·范·李帕與其他所有的吝嗇的東翁們都嗤之以鼻，任何流浪的迂儒膽敢稱他一聲同志，都要被他一腳踢出門口！

鮑爾忒斯·范·泰瑟那老頭子在他的賓客之間轉來轉去，由於滿足與愉快，他的一張臉漲得多大，滾圓的，歡悅的，像秋收的時候的月亮。他的慇懃招待是要言不煩的，僅只限於握一握手，拍拍肩膀，大笑一聲，然後迫切地邀請一句，『儘量吃吧，自己動手。』

現在那大廳裏樂聲起了，號召大家去跳舞。奏樂的是一個灰白頭髮的老黑人，他充任這一個地段的流動樂隊，已經不止五十年了。他的樂器與他自己一樣破舊不堪。他一大半的時候只在兩三根絃子上刮來刮去，樂弓每動一動，他就跟著點一點頭；腰彎得幾乎要叩下頭去，每次應當有一對新的舞侶加入的時候，他就蹬著腳。

夷查博以他的舞藝自豪，也就像他以他的歌喉同樣地自負。他四肢百骸沒有一個是閒著的；你看見他那吊兒郎當的骨骼充分活動著，在屋子裏噶嗒噶嗒跳過來跳過去，你準會以爲他是痙攣病神現身說法。所有的黑人都崇拜他；農場上與近段的黑人不分老少大小，都聚集了起來，站在每一個門口與窗口，造成一個亮晶晶的黑臉的金字塔，愉悅地凝視著這一幕，轉動著他們的白眼球，露出一排排牙齒笑著，咧大了嘴。這專管杖責頑童的打手，他怎能不歡蹦亂跳，喜孜孜地？他的心上人是他的舞伴，他向她含情脈脈地做媚眼，她總報之以愉悅的微笑；而伯朗姆．健骨受到愛情與妒忌的痛苦的打擊，鬱鬱地獨自坐在一個角落裏。

這一支舞跳完了之後，夷查博被一群比較經驗足，見識高的人們吸引了去，他們和范．泰瑟老漢一同坐在走廊的一端吸烟，閒談著往事，把當年戰爭的故事拉長了講著。

這地段在我所說的這時候，是那種幸運的地方，有許多史蹟與偉人。在戰爭期間，英國與美國的戰線就離這裏不遠；所以這裏曾經被兵士刼掠，並且擠滿了難民與牧人，發生了許多邊疆上的英勇事蹟。距今剛巧隔了夠長的時間，可以容許每一個說故事的人用一點漂亮的虛構的情節把他的故事渲染一下，並且把他自己說成每一件偉大事蹟的主角。

其中有杜芙·馬特林的故事，那人是一個大個子青鬍鬚的荷蘭人，他在一堵齊胸的土牆後面開砲——發出九磅重子彈的一尊舊鐵砲；要不是他這尊砲開到第六響就炸了，他幾乎俘獲了一艘英國巡洋艦。又有一個軼名的老紳士——因爲這位荷蘭老爺太闊了，不便輕易提名道姓——他舞劍的防禦工夫實在高明，在白色平原上那一役裏，他用一把小劍格開一粒火鎗子彈，他甚至於絕對感覺到它繞著劍鋒呼呼飛過，撞到劍柄上飛了開去；爲了證明這一點，他隨時都可以把那把劍拿出來給人看，劍柄有點彎曲。另外還有幾個人，都是在戰場上同樣地偉大，沒有一個不是深信他是有相當的功績的，使這場戰爭能夠勝利結束。

但是比起後來說的那些鬼故事，這一切都不算什麼。這一帶地方最富於這一類的傳說的寶藏。這種安靜的久已殖民的窮鄉僻壤，最有利於鄉土故事與迷信的滋長；而在我國大部份的鄉間，所謂居民也就是大批的流動的群眾，這種鄉土性的傳說往往被他們踐踏得稀爛。而且在我國其他的村莊裏，那些鬼往往覺得掃興得很，因爲他們死後還沒來得及小睡片刻，在他們的墳墓裏翻一個身，他們在世的朋友們倒已經全都離開了這一帶地方；所以他們夜間出去巡行的時候，連一個可拜訪的熟人也沒有剩下。這也許是一個原因，爲什麼我們很少聽見說鬧鬼，除了在那些建立已久的荷蘭集團裏。

神怪故事在這一帶地方所以流行的近因，無疑地是因爲鄰近瞌睡窩。那妖祟的地區吹來的風都是傳染性的；它噴出一種夢幻的氣氛，把整個的地段都傳染上了。那天范·泰瑟家裏也來了幾個瞌睡窩的人，他們照常以他們荒誕神奇的傳說饗客。他們說了許多悽慘的故事，說有人看到聽到附近那棵大樹旁邊有送喪的行列，哀悼的哭喊與悲啼，那不幸的安德雷少校就是在這棵樹下被執的。也有人提起那白衣婦人，她在烏鴉崖的幽谷中作祟，在冬天晚上大風雪將臨之前，常常有人聽見她在銳叫，因爲她是在大雪中死在那裏的。然而這些故事主要都是說的瞌睡窩最偏愛的鬼魂，無頭騎士，最近有好幾次有人聽見他在這地帶巡行；有人說他每夜把他的馬繫在教堂前墳場上的叢墓間。

這教堂因爲地段僻靜，苦惱的亡魂似乎都喜歡到那裏去作祟。教堂站在一座小山上，四面圍著刺槐樹與高大的楡樹，它清肅的白粉牆從樹叢裏放出淡雅的光輝，象徵著基督教的純潔，雖然深自韜晦，也還是發出光來。在教堂下面，山坡漸漸低下去，下面是一片銀色的水，四面圍繞著一圈高大的樹，從樹叢中可以窺見赫德遜河邊的青山。你看到教堂前面的草坪，陽光似乎在那裏睡得那樣安適，你一定會以爲至少亡人可以安靜地休息著。在教堂的另一邊展開一個廣闊的樹木濃密的幽谷，沿著這山谷有一條湍急的大溪，在破碎的岩石與倒下來的樹根之間奔流著。這溪流有一段水深色黑，離教堂不遠，前人在這裏搭了個木橋；通到那座橋的一條路，與那座橋自身，都是在樹木的濃蔭下，就連在白晝也是陰暗的；而在夜裏是黑得可怕。這是無頭騎士最愛去的地方之一；也就是人們遇見他次數最多的地方。有一個故事關於老勃魯額，這人是離經悖道，最不信鬼的，據說他遇見那騎士打劫了瞌睡窩回來，他被迫騎到馬上去坐在他後面；他們在灌木與叢林上面跑馬，跑過小山與沼澤，一直跑到那座橋上；一到了那裏，那騎士突然變成骷髏，把老勃魯額掀翻到小河裏，然後他跳到樹梢上，一聲雷，遁走了。

伯朗姆．健骨隨即說出一個還更神奇數倍的冒險經驗，與這故事可以分庭抗禮。他認爲那『跑馬的赫斯騎兵』雖然是個著名的騎師，其實不過爾爾。他斷言有一個夜晚他從附近的辛辛村回家，被這午夜的騎士追了上來；他提議和他賽馬，賭一碗五味酒；應當是他贏的，因爲『大無畏』把那匹妖馬打得一敗塗地，但是他們正跑到那教堂前的橋邊，那赫斯騎兵逃走了，在火光一閃中消失了。

人們用一種瞌睡朦朧的低低的聲調敘述這些故事——在黑暗中說話總是用這種聲

音——聽者的面部不過偶然被一隻煙斗一閃耀，無心中照亮了，所有這些故事都深深沁入夷查博的心靈。他也還報他們，整大段地引用他那無價之寶的『新英蘭巫術史』，再加上許多他原籍康涅狄格州發生的神奇的事蹟，與他晚上走過瞌睡窩看見的可怕的景象。

那狂歡的集會漸漸散了。老農們把他們自己家裏的人集中在他們的貨車上；已經去了有一會了，還可以聽見那些車輛轔轔地在谷中的道路上馳過，然後越過遠處的小山。有些姑娘們高坐在女鞍上，在她們最中意的情郎背後，她們輕快的笑聲與蹄聲得得混合在一起，在那沉寂的樹林中引起了迴聲，那聲音越來越輕微，終於漸漸歸於死寂——剛才那喧嘩嬉戲的場所完全寂靜了下來，人都走光了。只有夷查博還逗留在後面，依照鄉間的戀人的習俗，與那位千金小姐單獨相對談心，他深信他現在已經走上了成功的大路。這一次會談的經過我不敢亂說，因爲我實在是不知道。但是我恐怕一定是出了點什麼岔子，因爲他確是沒耽擱多久，就衝了出來，神情悽慘，似乎身價一落千丈。——啊，這些女人！這些女人！那女孩子是不是又在那裏玩手段，捉弄人？——她鼓勵這可憐的迂儒向她進攻，是不是完全虛情假意，借此牢籠他的情敵？——只有天曉得，我可不知道！——我這樣說該夠了：夷查博是悄悄地溜了出來，那神氣就像一個偷雞賊，而不像一個偷香竊玉的人。他目不斜視，剛才他所垂涎的農村的財富也不加以注意了，筆直走到馬廄裏，狠狠踢打了幾下，毫不客氣地喚醒了他的馬，那老馬正在那舒適的寓所裏酣睡，夢見穀子與雀麥堆積如山，整個的山谷長滿了牛草與三葉草。

這正是夜間鬼魅最活躍的時候；夷查博心情沉重而沮喪，走上了歸途，沿著流連城上聳起的高山前進，這也就是他今天下午那樣愉快地走的那條路。現在這時刻和他自己的心境一樣地慘戚。遠遠地在他腳下，『大板湖』展開它的蒼茫而不清晰的荒涼水面，偶爾可以看見一兩隻安靜地停泊在河岸單桅船的高桅竿。在午夜的死寂中，他甚至於可以聽見赫德遜河對岸的守門犬的吠聲；但是那吠聲是那樣渺茫輕微，僅只讓他知道他們中間隔著多麼遠的距離——他和那狗，人類的忠實伴侶。時而也有一隻公雞偶爾被驚醒了，發出牠那拖長的啼聲，遙遠，遙遠地，在山間的一個什麼農家——但是這雞啼在他耳中聽來是像一個夢幻的聲音。他附近沒有一點生命的跡象，但是偶然有一隻蟋蟀憂鬱地吱吱叫著，或是也許有一隻大蛙在附近的沼澤裏咯咯地帶著鼻音叫著，彷彿睡得不舒服，突然在床上翻了個身。

他今天下午聽到的一切鬼怪的故事現在都一湧而上，出現在他的記憶中。夜色越來越黑暗了；星群似乎更深地陷入天空中，時而被流雲遮住了，看不見它們。他從來沒有覺得那麼寂寞淒涼。而且他就快要到那曾經作過許多鬼故事的背景的地方。在路徑中央矗立著一棵極大的鬱金香樹，那棵樹像一個巨人似的高高站在近段的一切樹木之上，成爲一種地形的標誌。它的樹枝虬曲清奇，做普通的樹幹都夠粗的，扭曲著幾乎垂到地上，然後又升入空中。這棵樹與那不幸的安德雷的悲劇有關，他是在這棵樹旁邊被俘的；大家都叫它安德雷少校的樹。老百姓用一種尊敬與迷信相混合的眼光看待它，一半是因爲同情那使它因此得名的苦命人，一半也是因爲人家說的那些涉及它的故事，說到種種異象與可怖的悲悼的聲音。

夷查博漸漸走近那棵可怕的樹，他就開始吹起口哨來：他以爲有人吹起口哨作答——那不過是一陣狂風，銳厲地在枯枝間掃過。他再走近些的時候，他以爲他看見一個什麼白色的東西，掛在樹間——他站住了腳，也停止吹口哨；但是再仔細一看，他看出那是樹上被閃電灼傷了的一塊地方，那白色的木頭裸露在外面。他突然聽見一聲長吁——他的牙齒震震作聲，他的膝蓋在馬鞍上撞打著：這不過是一根巨大的樹枝磨擦著另一根，同是被風吹得搖搖擺擺。他平安地走過這棵樹，但是前面又還有新的危險。

距這棵樹約有二百碼之遙，一條小河穿過這條路，流入一個低濕的多樹的幽谷，人稱威利澤。寥寥幾根粗糙的木材並排搭在這條溪上，作爲橋樑。在小河流入叢林的那一邊，路旁生著好些棵橡樹與栗樹，樹上密密編織著野葡萄藤，撒下一層黑洞洞的陰影。走過這座橋是最嚴厲的考驗。那不幸的安德雷就是在這裏被俘的，奇兵突出襲擊他的那些鄉勇就埋伏在這些栗樹與葡萄藤的掩蔽下。從此大家就認爲這條溪有鬼，學童如果在天黑以後不得不獨自過橋，都感到恐懼。

他向那條溪走去的時候，他的心開始砰砰跳著；然而他下了最大的決心，在他的馬的脅骨上連踢了十來下，企圖快捷地衝過橋去；但是那乖戾的老畜生不往前走，倒反而横行，把牠的身體的側面撞到欄杆上。這一耽擱，夷查博更感到恐怖了，他把另一面的韁繩一扯，用另一隻腳結結實實踢著；一點用處也沒有；他的馬確是驚跳了起來，但是牠僅只衝到路那邊去，衝入棘叢中與矮赤楊的叢林中。那教師現在把鞭子與腳跟都加在那老馬『火藥』的饑瘪了的脅骨上，那匹馬衝上前去，鼻子裏吸溜溜響著，又噴著氣，但是剛到橋邊就站住了，停得那樣突兀，幾乎把騎牠的人從牠頭上拋出去，攤手攤腳跌倒在地。正在這時候，橋邊有一種潑潑濺濺的腳步聲，被夷查博敏感的耳朵聽見了。在樹林的深暗的陰影中，在小河邊緣上，他看見一個龐然巨物，奇形怪狀，黑色的，高大的。他一動也不動，但是在那陰影中他彷彿拳曲著身子，像一個碩大無朋的怪物，準備著奮身跳到行人身上。

那驚恐的迂儒嚇得一根根頭髮直豎起來。怎麼辦呢？轉過身來飛奔，現在已經太遲了；而且如果這是個鬼魅或是妖魔，他們能夠御風而行，逃又有什麼用？因此他鼓起一種表面上的勇氣，吃吃艾艾質問著，『你是誰？』他沒有得到回答。他用更激動的聲音再把他的問句重複了一遍。仍舊沒有回答。他再鞭打那倔強的『火藥』，然後他閉起了眼睛，不由自主地熱烈地唱起一段聖詩的曲調。正在這時候，那黑沉沉的令人吃驚的東西移動了過來，高一腳低一腳連走了幾步，再一蹦，立刻就站在路徑正中。雖然夜色陰黑而悽涼，現在可以約略看出那不可知的東西的式樣。他彷彿是一個長大的人，騎在一匹健碩的黑馬上。他並不像是要攪擾別人，也沒有作親善的表示，只是遙遙地在路那邊與老『火藥』並排緩緩走著，在老『火藥』那隻瞎眼那邊。那老馬現在已經定下神來，不害怕了，也不執拗了。

夷查博不喜歡這奇異的午夜的同伴，而且他又想起伯朗姆．健骨那次遇到那『跑馬的赫斯騎兵』的驚險的經歷。他催馬疾行，希望把他丟在後面。然而那陌生人也催馬疾行，和他一般快慢。夷查博勒住了馬，放慢了腳步，以爲他可以落在後面，但是那個怪物也慢了下來。他的心開始在腔子裏沉了下去；他想再唱他的聖詩曲調，但是他的乾燥的舌頭黏在上顎上，他一節詩都唱不出來。他這固執的同伴的陰鬱執著的沉默中含有某種東西，一種神祕可怖的東西。究竟是什麼，不久就有了可怕的解釋。前面地勢高了起來，上坡的時候，他那旅伴的身形映在天空上，像巨人一樣地高大，包在一件斗篷裏；夷查博恐怖到極點，發現他沒有頭！但是他的恐怖更增強了——他看見那隻頭，應當扛在兩肩上的，卻是帶在身邊，擱在鞍頭上：他的恐怖高漲起來，變成了一股子決死的勇氣；他拳足交加，雨點似地落在『火藥』身上，希望突然往前一衝，撇下他這同伴——但是那鬼開始與他一同飛躍前進。於是他們歷盡艱難向前奔馳；每一次蹦跳，石頭都紛紛飛了起來，爆出了火星。夷查博急於要逃走，把他瘦長的身體伸到馬頭前面去，他那單薄的衣服便在風中飄舞著。

他們現在已經到了折入瞌睡窩的那條路；但是『火藥』彷彿魔鬼附身，不順著這條路走，反而朝相反的方向轉了個彎，躁急地向左方衝下山去。這條路穿過一片低凹的沙地，有四分之一英里長的一段路是在樹蔭裏，走完這條路，就要過那座橋——鬼怪故事裏著名的那座橋——一過了橋，就是那碧綠的小山，山上站著那白粉牆的教堂。

到現在爲止，這匹馬是受了驚的，騎牠的人雖然不善馳騁，在奔逃中顯然佔了這點便宜；但是他正跑過了半片盆地，馬鞍上的肚帶鬆了下來，他覺得它從他身下溜了下去。他揪住了鞍頭，想抓緊了它，但是沒有用；馬鞍落到地下去了，他聽見它被那追趕他的人踐踏在馬蹄下，這時候他只來得及抱住老『火藥』的脖子，救了他自己一命。在這一剎那間，他腦子裏掠過一種恐怖的思想，怕漢斯·范·李帕大發雷霆——因爲這是他最講究的一副馬鞍，只限星期日使用的；但是現在這時候也不容他去爲這種瑣事感到恐怖；那妖魔緊跟在他屁股後面；（咳，他的騎術又太壞！）他要坐牢了不跌下去，已經夠他忙的；有時候溜到這一邊，有時候又溜到那一邊，有時候在那馬的高聳的脊梁骨上顛簸著，顛得那麼厲害，他簡直害怕，怕要把他劈成兩半！

現在這樹林現出一個缺口，他高興起來，希望那教堂前的橋就快到了。見到一顆銀色的星在河面上的搖搖的倒影，他知道他沒有猜錯。他看見教堂的牆在前面樹叢裏隱隱發光。他記得那與伯朗姆．健骨賽馬的鬼是在什麼地方隱去的。『只要我能夠跑到那座橋上，』夷查博想，『我就安全了。』正在這時候，他聽見那匹黑馬緊跟在他後面喘息著噴著氣；他甚至於彷彿以爲他可以感覺到那滾熱的鼻息。他再痙攣地在老『火藥』脅骨上踢一腳，那老馬就跳到橋上去；牠轟雷似地馳過那有迴聲的橋板；牠安抵對岸；現在夷查博回過頭去看了一眼，看那追趕他的人是否按照老例消失在一陣火花與琉黃屑裏。正當這時候，他看見那妖魔在馬蹬上站了起來，正在那裏把他那顆頭向他拋來。夷查博要想躲過那可怕的飛彈，但是來不及了。它打中他的腦殼，訇然一聲巨響——他頭朝下跌倒在塵埃裏，而『火藥』，黑馬，與那妖魔騎士，都在他旁邊馳過，如同一陣旋風。

第二天早上有人發現那老馬，沒有馬鞍，馬勒踏在牠腳底下，莊重地在牠主人的大門前吃草。吃早飯的時候，夷查博沒有出現——晚餐的時候到了，但是仍舊沒有夷查博。孩子們聚集在學校裏，閒暇地在小河兩岸散步；但是沒有教師。漢斯·范·李帕現在開始有點不安起來，替那可憐的夷查博的命運擔憂，他替自己的馬鞍擔憂。於是著手查究，經過辛勤的調查，他們發現了一些線索，在通到教堂的那條路上有一段地方，他們發現那馬鞍被踐踏在泥土中；一條條馬蹄的跡子深深印在路上，顯然是跑得飛快，那蹄痕一直通到橋上；在橋那邊，在河身寬闊河水深而黑的一段，他們在岸上發現了那不幸的夷查博的帽子，緊挨著它旁邊有一隻砸得稀爛的南瓜。

他們在小河裏搜尋著，但是找不到那教師的尸身。漢斯·范·李帕負責處置他的遺產，檢查了他那隻包袱，那裏面包含著他現世的一切動產。那就是兩件半襯衫；兩隻領帶；一兩雙毛線襪；一條敝舊的厚絨布套袴；一隻生銹的剃刀；一本聖詩曲譜，一頁頁的紙角都捲了起來像狗耳朵；還有一隻斷了的音律管。至於學校裏的書與傢俱，那是屬於公家的，除了那本哥頓·馬塞所著的巫術史，一本新英蘭歷書，還有一本詳夢與算命的書；在最後這本書裏夾著一張字紙，裏面潦潦草草寫了些字，又經過塗改，是他要想抄錄一些詩句頌揚范·泰瑟的千金，幾次嘗試都沒有抄成。這些神妙的書籍與詩意的塗鴉都被漢斯·范·李帕扔到火裏燒了；從此以後他決定再也不送他的孩子們進學校；他說從來沒聽見誰從這種讀書寫字上得到什麼好處。這教師如果有錢的話——他一兩天前剛領到四分之一的年薪——他在他失蹤的時候一定是帶在身邊。

這神祕的事件在下一個星期日在教堂裏引起了許多推測。許多人圍成一小圈一小圈，凝視著，議論著，在教堂外的墳場上，在橋上，在發現帽子與南瓜的地方。勃魯額的故事，健骨的故事，與整套的別的故事，全都一一被追憶了起來：他們孜孜不倦地把這些故事統統考慮過了，再與目前這案件的種種徵象加以比較之後，他們搖搖頭，下了結論，說夷查博是被那『跑馬的赫斯騎兵』擄了去了。他既然是一個獨身漢，又不欠誰的錢，誰也不去爲他操心。舉校遷移到谷中另一個地段，另一個迂儒代替他執掌大權。

幾年以後，一個老農到紐約去了一趟——這篇遇鬼的冒險故事就是從他那裏聽來的。——他倒的確是帶了個消息回來，說夷查博·克雷恩還活在世上；說他離開了這一帶地方，一半是因爲怕那妖魔與漢斯·范·李帕，一半也是因爲他突然被那位千金加以斥逐，受了侮辱；他搬到這國土上一個遙遠的地方；一面辦學校，一面學法律，做了律師，然後變成政客，競選，在報紙上寫作，最後在一個最高罰款額十鎊的『紳士法庭』做法官。伯朗姆·健骨在他的情敵失蹤後不久，就和那花朵似的卡忒麗娜結了婚。也有人注意到他每逢人家說起夷查博的故事，一提起那隻南瓜，他總縱聲大笑；所以有人懷疑他有點知道這件事的底細，不過不肯說。

然而那些村媼——她們是最善於判斷這些事的人——她們至今堅持著說夷查博是被鬼神攝去的；在這一帶地方，冬夜圍爐的時候，這是大家最愛說的故事。那座橋更加成了迷信的敬畏的對象；也許就爲了這原因，近年來改築了那條路，使它順著磨坊塘邊上通到教堂。那座校舍荒廢了下來，不久就朽爛了，據說那屋子有鬼，那不幸的迂儒的鬼；犂田的孩子在寂靜的夏日黃昏閒蕩著走回家去，往往覺得彷彿遠遠地聽見他的聲音，唱著一個憂鬱的聖詩曲調，在瞌睡窩裏一個平靜的寂寞的所在。

後記

前面這篇故事是我在古城曼赫圖的市自治機關會議上聽來的，與會的有許多最智慧最顯赫的市民。我幾乎將原來的語句一字無訛地照錄了下來。說故事的人是一個愉快的衣服敝舊時的紳士風的老傢伙，穿著黑白芝蔴點衣服，臉色於幽默中帶著悲哀；我非常疑心他是個窮漢——他那樣努力地以風趣的言談娛人。他的故事說完了之後，許多人都大笑，加以讚美，尤其是有兩三個代理參議員，這兩個人一大半的時候都在打盹。然而有一個高身材的乾癟的老紳士，雙眉突出，始終帶著莊肅的稍有點嚴厲的臉色：時而抱著胳膊，低著頭，向地板上望著，彷彿將一個疑團在心裏轉來轉去。他是那種謹愼小心的人，從來不笑，除非理由充足——必定要公理與法律都站在他們那一邊。在座諸人笑聲漸歛，又恢復了沉默之後，他把一隻手臂撐在他椅子的肘彎上，另一隻手臂撐在腰際，微微地但是極聖明地把頭顛動了一下，皺起了眉毛，質問這故事的意義何在，它要想證明些什麼。

那說故事的人說得口乾，剛舉起一杯酒來送到唇邊，他停了一停，以一種極謙卑的神情望著那發問的人：他徐徐放下了那杯酒，擱在桌上，一面說這故事的命意是以邏輯來證明下列諸點：

『人生沒有一種局面是完全不愉快的，有害無利的——只要我們將笑話當作笑話看待，不要太認眞。

『因此，一個人跟妖魅騎兵去賽馬，大概是會吃苦的。

『因此，一個鄉村教師被一個荷蘭闊小姐拒婚，也就是初步的成功，此後准保一帆風順，成爲國家棟樑之臣。』

經過這一番解釋之後，那老紳士把眉毛皺得更緊了十倍，這三段論法的推斷使他非常感到困惑：這時候——我覺得——那穿著黑白芝蔴點衣服的人望著他的神氣是一種勝利的睥睨。他終於開口說，話雖如此，他仍舊認爲這故事有一點誇張——有一兩點他感到懷疑。

『老實說，先生，』那說故事的人回答，『若是論起這件來，我自己連一半都不相信。』

愛默森的生平和著作

一

愛默森（Ralph Waldo Emerson）在一八〇三年生於波士頓，早年是個嚴肅的青年。他的青春和他的天才一樣，都是晚熟的。他的姑母瑪麗是一個不平凡的女人，對他有著極深的影響。他日後的成功，一部份可以說歸功於她的薰陶。

他自從在哈佛大學讀書的時候起，就開始寫他那部著名的日記，五十年如一日，記載的大都偏於理論方面。他在一八二九年第一次結婚，只記了短短的一行。兩年後他的元配病逝。一八三五年他第二次結婚，也只記了一行。

他大學畢業後，曾經先後從事各種教育和傳道方面的工作。三十歲那年，他辭去了波士頓第二教堂的牧師職位。隨即到歐洲去旅行，並且會見了卡萊爾（Carlyle）。他發現了卡萊爾的天才，同時卡萊爾也發現了他的天才。這兩個人個性完全相反，然而建立了悠久的友誼，在四十年間繼續不斷地通著信，成爲文壇的一段佳話。回國後他在各地巡迴演講。這種生活很艱苦，因爲當時的旅行設備相當簡陋，而且他也捨不得離開他的家庭。但是他相信這職業是有意義的，所以總算能夠持之以恒地繼續下去。

他的第一部書《大自然》（Nature）在一八三六年出版，此後陸續有著作發表。一八四七年他再度赴歐時，他的散文集已經馳名於大西洋的東西兩岸。

二

愛默森的寫作生活很長。但是在晚年他嚐到美國內戰時期的痛苦，內戰結束後不久，他就漸漸喪失了記憶力，思想也難於集中了。他在一八八二年逝世，有許多重要的遺作，經過整理後陸續出版。

英國名作家安諾德（Matthew Arnold）曾經說過：『在十九世紀，沒有任何散文比愛默森的影響更大。』事實上愛默森的作品即使在今日看來，也仍舊沒有失去時效，這一點最使我們感到驚異。他有許多見解都適用於當前的政局，或是對我們個人有切身之感。他不是單純的急進派，更不是單純的保守主義者；而同時他決不是一個沖淡、中庸、妥協性的人。他有強烈的愛憎，對於現社會的罪惡感到極度憤怒，但是他相信過去是未來的母親，是未來的基礎；要改造必須先了解，而他相信改造應當從個人著手。

他並不希望擁有信徒，因爲他的目的並非領導人們走向他，而是領導人們走向他們自己，發現他們自己。他認爲每一個人都是偉大的，每一個人都應當自己思想。他不信任團體，因爲在團體中，思想是一致的。如果他抱有任何主義的話，那是一種健康的個人主義，以此爲基礎，更進一層向上發展。

他是一個樂觀的人，然而絕對不是一個專事空想的理想主義者。他愛事實——但是必須是『純粹的事實』。他對於法國名作家蒙田（Montaigne）的喜愛，也是因爲那偉大的懷疑者代表他的個性的另一面。

他的警句極多，大都是他的日記中幾十年積聚下來的，也有是從他的演講辭中摘出來的。他的書像珊瑚一樣，在海底緩慢地形成。他自己的進展也非常遲緩，經過許多年的暗中摸索。他出身清教徒氣息極濃的家庭，先代累世都是牧師，他早年也是講道的牧師，三十歲後方才改業，成爲一個職業演說家，兼事寫作。那時候的美國正在成長中，所以他的國家觀念非常強烈。然而他並不是一個狹隘的『知識孤立主義者』，他主張充分吸收歐洲文化，然後忘記它；古希臘與印度文化也給予他很大的影響。他的作品不但在他的本土傳誦一時，成爲美國的自由傳統的一部份，而且已經成爲世界性的文化遺產，融入我們不自覺的思想背景中。

三

愛默森的詩名一向為文名所掩，但是他的詩也獨創一格，造詣極高。大多數的詩人的作品都需要經過選擇，方才顯得出它們的長處；愛默森的詩也不例外。但是已經經過甄別了，而且選擇起來也毫無困難。愛默森最好的詩，一開始就發出朗澈的歌聲：

我喜歡教堂；我喜歡僧衣；
我喜歡靈魂的先知；
我心裏覺得僧寺中的通道
就像悅耳的音樂，或是沉思的微笑；
然而不論他的信仰能給他多大的啓迪，

我不願意做那黑衣的僧侶。

充滿了個性，發出這樣清脆的音樂——從這裏起，再也沒有疑問了。有時候那音樂又回來了，有時候它不再回來了。愛默森彷彿自己不一定知道他是否眞的發出音樂。但是讀者知道，他常常聽到詩歌中獨創一格的一種調子，使他感到喜悅。

愛默森的詩中感人最深的一首是他追悼幼子的長詩〈悲歌〉，那是他在一八四二年失去一個五歲的兒子後揮淚完成的。這一類的詩沒有一首勝得過它，尤其是最初的兩節。他對那夭折的孩子的感情，是超過了尋常的親子之愛，由於他對於一切青年的關懷，他對於未來的信念，與無限的希望寄託在下一代身上。明白了這一層，我們可以更深地體驗到他的悲慟。

愛默森的種種觀念時常在他的詩裏重新出現——除非他的詩是那些觀念的發源地，那就不應當說『重新出現』——但是那些詩不僅只是觀念。例如『爲愛犧牲一切』，它表現的題材，採取的一條路線不知比愛默森老多少，與柏拉圖一樣古老；但是這裏的詩句的一種奇異的力量是由於愛默森有一種能力，不但能想到它，也能感到它，而且能將韻節敲到它裏面去——

朋友，親戚，時日，
名譽，財產，
計劃，信用與靈敏——

句子裏帶有他自己的一種迫切的感覺，他自己的絕對的信心。我們能記得那觀念，是因爲那音調。

大神（Brahma）

血污的殺人者若以爲他殺了人，
死者若以爲他已經被殺戮，
他們是對我玄妙的道瞭解不深——
我離去而又折回的道路。

遙遠的，被遺忘的，如在我目前；
陰影與日光完全相仿；
消滅了的神祇仍在我之前出現；
榮辱於我都是一樣。

忘了我的人，他是失算；
逃避我的人，我是他的兩翅；
我是懷疑者，同時也是那疑團，
而我是那僧侶，也是他唱誦的聖詩。

有力的神道渴慕我的家宅，
七聖徒也同樣痴心妄想；
但是你——謙卑的愛善者！
你找到了我，而拋棄了天堂！

註：Brahma爲印度教中最高之神，所以譯作『大神』，也就是『一切衆生之父』，故本詩中也充滿了東方宗教的思想。

海濱（Seashore）

我聽見——彷彿聽見海洋在責罵：
進香人，你爲什麼來得這樣晚？
我不是永遠在這裏？——你夏天的家。
我的聲音你朝朝暮暮聽來不是像音樂？
溽暑中我的氣息不是溫和的氣候？
我觸及你，是否其疾若失；我的海濱是否你的浴池？

人間有任何建築比得上我的露臺？
有像我這樣富麗堂皇的床榻？
你躺在那溫暖的石崖上，就會知道？

茅廬能使你滿足，抵得上一個城市。
你雕琢的屋宇相形之下，
顯得空虛。我的斧鑿深入，
將沿岸山崖彫成洞穴。
你看！羅馬、尼內瓦、提卜斯、
卡那克、金字塔、巨人階①都已經坍塌，
或是半成廢墟；而我最新的岩石
都比你們人類古老。

你看這海
色彩變幻，豐富而強有力，
然而像六月的玫瑰一樣美艷，
像七月點點滴滴的虹光一樣清新；

海洋充滿了食物，養活各種族類，
洗淨了大地，而又是人類的良藥；
我用呼吸造成甘美的氣候，
洗去回憶上的創傷與悲痛，
而我那數學一樣準確的潮汐，

又暗示宇宙間有永恒不變。
海神都是富豪：——只有他們最多餽贈；
他們在海中摸索珍珠，但是不止珍珠：
在海中摘取力量，贈予大智慧者。
第達勒斯②認爲每一個海波都是財富；
是財富，因爲那靈巧的技工能夠利用，

這無比的力量。波濤！他那兒找得到
你壯大的肩膀扛不起的重負？

我用我的鐵鎚永遠敲打
巉巖的海岸，將高山擣碎成灰，
鋪在我的床上；在另一個時代裏，
我會重建新大陸，住著較好的人。
我又卸下一重重的門閂：各國移民，
循著我的道路前進：我分散人類，
到這浪花如雪的海洋的每一邊緣。

我也有我的技巧與巫術；

只要有波濤就有幻象。

這裏有些什麼夢魘我全知道。讓我來對付，

輕信的，富於幻想的人；

他即使舀起我的水托在手心，

幾丈外他就當它是寶石與雲霞。

我在岸上佈置異果與陽光，

遠方人就感到某些海岸與孤島的魅力，

使他們必須前去，否則只有死亡。

〔註釋〕

①尼內瓦是古時亞述帝國的首都。提卜斯是古希臘的名城，與雅典列於敵對地位。卡那克是埃及尼羅河傍的名城，現尚存有古廟的遺跡。此地所

選用之六個地名，不是古時的名城，就是名建築物，都禁不起時間的考驗，差不多蕩然無存。

②第達勒斯是希臘神話中的巧匠及發明家。

問題（The Problem）

我喜歡教堂；我喜歡僧衣；
我喜歡靈魂的先知；
我心裏覺得僧寺中的通道
就像悅耳的音樂，或是沉思的微笑；
然而不論他的信仰能給他多大的啓迪，
我不願意做那黑衣的僧侶。

爲什麼那衣服穿在他身上那麼能引誘，
而穿在我身上我卻不能忍受？
菲亞地斯彫出可敬畏的天神的像①，
並不是由於一種淺薄的虛榮思想；
刺激人心的臺爾菲的預言②
也並不是狡猾的騙子所編；
古代聖經中列舉的責任
全都是從大自然的心中發生；
各國的祈禱文的來源
都是像火山的火燄，
從燃燒的地心裏湧出的
愛與悲痛的讚美詩句：

多才的手弄圓了聖彼得堂的圓頂
弄穹了羅馬各教堂上的弧稜，
顯出來一種陰沉沉的虔誠氣息，
他沒有辦法擺脫上帝；
他造得這樣好，自己也不知道，
那靈醒的石頭變得如此美妙。

你知道林鳥怎麼會用牠胸前的羽毛
與樹葉來造牠的巢？
你知道蚌怎樣增建牠的殼，
清晨刷新每一個細胞？
你知道那聖潔的松樹怎樣加增

無數新的松針？
這些神聖的大建築也是這樣起始，
愛與恐懼驅使人們堆上磚石。
地球佩戴著巴特農殿，非常驕傲③，
將它當作她腰帶上最好的一顆珠寶。
晨神急忙張開她的眼簾，
凝神著那些金字塔尖。
天空低下頭來湊近英國的僧寺，
友善地，以親熱的眼光向它們注視。
因爲從思想的內層中
這些奇妙的建築升入高空；
大自然歡悅地讓出地方給它們住，

讓它們歸化她的種族；
並且賜予它們高壽，
與山岳一樣地永久。

廟宇像草一樣地生長著，
藝術必須服從，而不許超過。
被動的藝術家將他的手出借
給那超越他的龐大的靈魂設計。
樹立這廟宇的一種力量，
它也騎在裏面跪拜的信徒們身上。
那火熱的聖靈降臨節，它永遠
將無數的群眾都圍上一道火焰，

歌詠隊使人聽得出神，
祭司將靈感賦予心靈。

上帝告訴先知的語句充滿智慧，
刻在石碑上，很完整，並沒有碎。
預言家或是神巫在橡樹林下
或是金色的廟中所說的話，
仍舊在清晨的風中飄過，
仍舊向樂意聽的人低聲訴說。
聖靈的言語在世界上雖然被忽視，
然而一字一句也沒有失去。
我知道智慧的長老們的真言，

因爲聖經就攤在我的面前，
古代的『黃金口才』和奧古司丁最好的著作④，
還有一位作者將二者貫通融合，
近代的『黃金口才』或寶藏就是他，
泰勒是牧師中的莎士比亞⑤。
他的話在我聽來與音樂相仿，
我看見他穿著僧衣的可愛的畫像；
然而，不論他的信仰給了他何等的先見，
叫我做那好主教我還是不願。

〔註釋〕

①菲地亞斯是古希臘最出名的藝術家，尤以彫刻最出色，他的雅典娜女神

像是人盡皆知的，他的宙斯像據說是世界七奇蹟之一。

②臺爾菲的預言是日神亞普魯廟中的神蹟，由女祭司得到神的指示解答各種問題。

③巴特農殿是古希臘最出名的建築物，正在雅典城的高地上。據說這廟的彫刻像就是菲地亞斯監工督造的。一直到現在還可以看到遺留下的殘跡。

④聖．約翰．克里蘇斯湯姆是希臘教的神父，以傳道著稱於世，他的名字：克里蘇斯湯姆，在希臘文裏，就是『黃金口才』的意思。聖奧古司丁本來是異教徒，後來皈依天主教，成爲神父，最後任主教。他的神學著作是經典之作，影響既深且遠。他的〈自傳〉更是有名，爲世界名著之一。

⑤泰勒是十七世紀英國國教主教，以傳道著稱，但他寫的散文可以算得上當時一大家。

斷片（Fragments）

機智主要的用處是教
我們與沒有它的人相處得很好。

爲了要人人住在自己家裏，
所以這世界這樣廣大無比。

日子（Days）

時間老人的女兒，僞善的日子，一個個
裹著衣巾，喑啞如同赤足的托砵僧，
單行排列，無窮無盡地進行著，

手裏拿著皇冕與一捆捆的柴。
她們向每一個人奉獻禮物，要什麼有什麼，
麵包、王國、星，與包羅一切星辰的天空；
我在我矮樹交織的園中觀看那壯麗的行列，
我忘記了我早晨的願望，匆忙地
拿了一點藥草與蘋果。日子轉過身，
沉默地離去。我在她嚴肅的面容裏
看出她的輕藐——已經太晚了。

梭羅的生平和著作

亨利・大衛・梭羅（Henry David Thoreau）在一八一七年七月十二日生於麻薩諸塞州的康考特（Concord）。康考特是美國文學史上很有名的一個地方，它除了孕育過梭羅這位天才之外，還產生了兩位文壇巨人——愛默森和霍桑。梭羅一向頗以自己生得其地、生逢其辰而欣悅。他時常對人說：『我只要想到自己既然生在全世界最可敬的地點（康考特亦爲美國獨立戰爭爆發之處），而且時間也巧合，就會覺得萬分榮幸！』

他生於一個從事手工業的小康之家，子女四人，他排行第三。唸完中學後，他考入哈佛大學攻修文科。雖然他天資甚高，而且終日手不釋卷，可是在這著名學府中他並不見得如何出人頭地，也許那是因爲他只潛心鑽研自己心愛的讀物，對校中課程和分數成績卻漠不關心的緣故。一八三七年畢業，他曾經有一個短時期在一所私立學校裏教書，但是爲了校方所提倡的體罰制度與他做人的宗旨恰巧背道而馳，他不久就辭職不幹了。

一八三九年間，他和他的哥哥約翰作過一次回味無窮的旅行，十年後出版的康考特與梅里麥河畔一週（A Week on the Concord and Merrimack Rivers）就是記載這次旅行的一本遊記。全書分爲七章，每章繪述一天的生活——包括天氣的變化，情緒的起落，和讀書心得等，描寫細膩，絲絲入扣，可以說是一本情文並茂的傑作。這時他們兄弟二人同時暗戀著一位名叫愛倫．西華爾（Ellen Sewall）的小姐，而且先後都嘗到了失戀的滋味，因此這本書的創作過程中還隱藏著不少痛苦的回憶。

梭羅素性好動，爲了追求新鮮的刺激，他不時改變著生活方式。一八四〇年後的那幾年，他有時在自己家中幫助他父親製造鉛筆；有時住在愛默森家裏做零碎的工作；有時爲日晷季刊（The Dial）撰稿；有時到各處去講學，還當過一個時期家庭教師。一八四五年的七月四日，他開始在康考特的華爾騰（Walden）畔的一所木屋中隱居了二十六個月，過著類似魯濱遜漂流荒島的生活，這是美國文學史上非常有名的一件事。他這樣做，是要證明一項理論：人可以生活得更簡單，更從容，不必爲著追求物質文明的發達，而喪失了人是萬物之靈的崇高地位。他要試驗一種返回原始的生活，多和大自然接近，去發展人類的最高天性。不過他雖然隱居於林野之間，仍時常到附近的村莊上去，並在湖濱接見訪客，有時也在康考特各處幹著他擅長的雜活，例如：測量、做木匠、髹漆房屋、做園丁、築籬笆等。兩年後，他認爲試驗已經成功，就在一八四七年九月六日離開了華爾騰，嘗試另一種新的生活方式。這兩年的生活，後來結晶成一八五四年出版的《湖濱散記》（Walden, or Life in the Woods）。這書的中心部份是述說超越論的經濟論，號召生活的返璞歸眞；但同時也是研究大自然所得豐富經驗的不朽記錄，可以說是梭羅的代表作。

梭羅非但愛自然，他也愛自由，因此絕對不能容忍人與人間的某些不公道的束縛

——例如當時美國南部的蓄奴制度。當他住在華爾騰期間他就曾因拒絕付稅而被捕，那時美國正和墨西哥作戰，但他認爲這只是美國南部蓄奴區域的地主們的戰事，因此拒付國稅以示抗議，結果遭受拘捕，在獄中過了一宵。這次坐監的滋味使他不禁聯想到個人和國家的關係。他認爲政府應該『無爲而治』，不可干涉到人民的自由；而當政府施用壓力，強迫人民做違反良心的事情的時候，人民應有消極反抗的權利，後來他還寫了《消極反抗》（Civil Disobedience，一八四九年出版）一書來闡明這一套政治主張。

當約翰·勃朗事件發生時，（註：一八五九年勃朗等突襲維基尼亞州的哈卜斯渡口，企圖解放並武裝當地的黑奴，引起軒然大波，勃朗終於被判絞刑。）梭羅還以實際行動來積極支持這位思想激烈的『叛徒』。在死刑宣佈後，他曾在康考特市會堂發表演說『爲約翰·勃朗請願』。甚至在勃朗死後，由於當地市政府拒絕舉行特別追悼會，梭羅還膽敢親自跑去敲鳴市會堂的大鐘，召集民眾開會。此外，他也幫助過一個黑奴逃犯，瞞過警方耳目，逃到加拿大（詳見梭羅日記——Journal，一八五一年十月一日）。由此可見他不但是一個『追求個人內心和諧』的思想家，還是一個言行一致，敢作敢爲的實踐者。

梭羅生平極喜歡旅行，他曾三度遠足遊歷緬因森林（Maine Woods），四度遊歷麻州的科德角（Cape Cod），也常去遊新罕姆什州的白嶺（White Mountains）和蒙納德諾克山（Monadnock）等風景區。這些旅行供給他豐富的寫作材料，後來收集成冊的有《旅行散記》（Excursions）、《緬因森林》和《科德角》等書。一八六一年間他還不顧肺結核症的纏繞，扶病到明尼蘇達州去遊歷一番。那時他的身體已經非常虛弱，次年五月六日他就病逝於他最心愛的故鄉——康考特。

梭羅的著作有三十九卷之多，可是在他的生前只出版過兩本，而且是自費。他死後的半個世紀中，一般讀者只有把他看作愛默森的一個平庸的及門弟子，一個行爲乖張的怪人。一直要到第一次世界大戰後他的聲譽才逐漸增高。因此，他之獲得如今在美國文學史上的崇高地位，還只是近三、四十年間的事。

梭羅一向是一個言行一致的人，所以在他生前和死後，大多數人把他看成一位自然主義者或博物學家。他的文名很容易被他的人格所掩蓋。一直到近幾十年，他被公認爲第一流的散文家，並且有他獨特的風格。可是梭羅的詩，和他的散文著作相形之下，可以說眞正的『生不逢時』。因爲梭羅的詩作有好有壞，而且他的朋友們都認爲詩歌並非他所長，散文才是他的理想表現工具，勸他不要分心去創作詩歌，不如集中精力去寫作散文。這些朋友中包括愛默森在內，而愛默森的忠告對他是極其有份量的。可是誰也沒有想到，這些朋友們好意的勸告可能使美國詩壇蒙受相當嚴重的損失。一直要到一九二五年前後，大家才重新發現梭羅的詩的價值。有不少人認爲梭羅的詩並不屬於過去，而是屬於現在。他的詩有一種大膽的，故意與衆不同的獨立性格，使他與他同時的那幾位模倣傳統的公式詩人迥然不同。有一位批評家甚至進一步說：『梭羅，同狄瑾蓀一樣，是二十世紀詩歌的前驅；從他的作品中可以預先領略到現代詩歌中的大膽的象徵手法，深刻的現實主義和一種不甘心於求安定的矛盾心理。』

我們雖然不應該把這種做翻案文章的心理變本加厲，可是我們至少應該指出梭羅的詩作中充滿了意象，有一股天然的勁道和不假借人工修飾的美。就好像我們中國古時的文人畫家一樣，梭羅並不是一個以工筆見勝的畫匠，可是他胸懷中自有山水，寥寥幾筆，隨手畫來，便有一種掃清俗氣的風度。技術上雖未必完美，可是格調卻是高的。又像中國古時的忠臣良將，例如岳飛和文天祥，平日就有一種治國平天下的凌雲壯志，根本無意於爲文，可是等到機會來臨，隨意寫來，便是千古至文，令人心折。我們至少可以說梭羅的詩比當時人所想像要高明得多，如果他沒有接受愛默森的勸告而繼續從事詩的創作的話，他可能有很高的成就。不過照詩論詩，那麼有很多人一定也會同意愛默森對梭羅的按語：『黃金是有了，可是並不是純金，裏面還有渣滓。鮮花是採來了，可是還沒有釀成蜜。』

冬天的回憶（Memories of Winter）

在這勞苦跋涉的生活圈子裏，
時而有蔚藍的一剎那到來，
明艷無垢，如同紫蘿蘭或白頭翁，
春天散佈在曲折的小河邊的花。
這一剎那間，就連最好的哲學
也顯得不眞實，倘若它唯一的目標
只是慰藉人間的寃苦。
在冬天到來的時候，
霜濃之夜，我高棲在小樓上，
愉快的月亮寂靜的光輝中，

每一根樹枝，闌干，突出的水管上，
冰槍越來越長，
映著日出的光箭；
當時我記起去夏流火的正午，
一線日光無人注意，悄悄地斜穿過
高地上長著約翰草的牧場；
間或在我心靈中的綠蔭裏
聽見悠長的悶悶的蜂鳴，嗡嗡繞著
徘徊於草原上的藍色的劍蘭；或是聽見那忙碌的小溪——
現在它上下游整個喑啞，木立，
成爲它自己的紀念碑——以前曾漩捲著潺潺地
在山坡上遊戲，穿過附近的草原，

直到它年輕的聲音終於淹沒
在低地的江河遲重的潮流中；
或是看見新刨的一行行田壤
發出光輝，後面跟著畫眉鳥，
而現在四周一切田地都凍結，白茫茫
蓋著一層冰雪的厚殼。這樣，仗著上帝
經濟的辦法，我的生活豐富起來，
使我又能夠從事於我冬天的工作。

烟（Smoke）

羽翼輕靈的烟，像古希臘的飛人，
高翔中被太陽熔化了你的翅膀；

不唱歌的雲雀，黎明的使者，
在你營巢的茅屋上盤旋；
或是消逝的夢，午夜的幻影
曳起你的長裙；
夜間遮住了星星，日間
使光線黑暗並掩沒了太陽；
上天去吧，我壁爐裏的一炷香，
去請求諸神原宥這明澈的火焰。

霧（Mist）

低低地下了舵的雲，
紐芬蘭的寒氣，

水源，河流的泉源，
露凝的布，夢的簾幙，
仙子鋪的飯巾；
空中飄過的草原，
開著整大片的雛菊與紫蘿蘭，
在那彎彎曲曲的泥沼裏，
沼鳥砰然啼叫，鷺鷥涉水而過；
湖海江河的神靈，我祈求你
只把芳香與藥草的香氣
吹到正直的人們的田野上！

海明威論

一

海明威的世界裏，人物往往是兇暴的，情境是暴亂的。例如〈太陽照常上升〉①，寫的是一個酗酒淫亂的世界；〈戰地春夢〉、〈戰地鐘聲〉、〈我們的時代〉、舞台劇〈第五縱隊〉、與某些短篇小說，寫的是一個混亂的獸性的戰爭的世界；又如〈五萬大洋〉、〈我的老太爺〉、〈不敗者〉、〈雪山盟〉，寫的是拳師獵人鬥牛士等賣氣力人物的小天地；又如〈殺人者〉、〈賭徒、女尼與無線電〉、〈有與無〉，寫的是一個罪惡的世界。即使偶有一篇故事，與情境不能歸入上列分類，也往往涉及一種極度的冒險，後面隱伏著毀滅的陰影——形體或精神的毀滅。至於他故事裏的典型人物，大抵是硬漢，富有經驗，足以應付所處的冷酷世界，外表上似乎絕不流露情感，絕不敏感的退縮閃避。例如〈戰地春夢〉中的李納爾狄，或佛萊德立克・亨利；〈戰地鐘聲〉裏的羅勃・喬登；〈有與無〉中的哈利・摩根；〈雪山盟〉中專打大野獸的獵人；〈不敗者〉中年老的鬥牛士；〈五萬大洋〉中的拳師。那些典型人物，不是老江湖，就是非常青年的人，或是剛剛踏進這兇暴的世界、剛剛學習適應環境的男孩。

我們已經說過，海明威的典型局面背後，永遠潛伏著毀滅的陰影，使他的典型人物面臨著失敗或死亡；但這些人物，在失敗或死亡之中，往往能設法保存了一些什麼東西。在這裏，我們可以發現海明威爲什麼對這種局面，這種人物，特別感覺興趣。他筆下的英雄從不打敗仗，一定要依從他們自己提出的條件才認輸。他們絕不洩漏秘密，絕不賴債，絕不妥協，絕不怯懦。當他們面臨失敗時，他們知道他們所採取的態度本身，就是一種勝利——堅韌地忍耐著痛苦，不動聲色。他們只有在自己所提出的條件之下，才肯認輸，有時甚且自動求取失敗。即使實際上失敗了，他們確是維持著他們本身的一種理想，該怎麼做人的一種原則。這種原則，或許曾由文字表達，或許不可言傳，總之他們曾奉爲立身處世之本。這種原則似乎代表一種規律，一種榮譽，使一個人成爲男子漢大丈夫，與凡人不同，不僅服從他們偶然的衝動，以致於『濫搞』。

表現這種原則的例子多得很，在一個個的故事與長篇小說中，我們都可以找得到。這種原則，有個批評家②稱爲『運動員的道義精神』。譬如〈太陽照常上升〉中的女主角白蕾忒，她放拋了她熱戀著的年輕鬥牛士羅邏洛，爲了她知道她會毀滅他的前途。她強自鎮靜，對這篇小說的敘述人新聞記者介克說了一句話，這句話幾乎可以作爲代表一切海明威作品的格言：『你說怪不怪——我打定主意不幹混賬事，心裏倒挺痛快。』

人要經過這種規律的鍛鍊，方始有人性，才能養成一種風度，一種示範的典型。

一般說來，都是如此，不僅只適用於上列幾個不相關連的戲劇化的例子。有了原則，混亂的人生至少有一部份才會有意義。戰士的紀律，體育家的風格，運動員的果敢，藝術家的技巧，這一切全都可以多少表現出一點人類社會的秩序，可以獲得一種道德的意義。在這裏，我們可以看出海明威對於戰爭與運動特別著重，這與他對於文字風格的注意不無關係。一個作者，若能達到海明威在〈非洲的青山〉中所自承努力追求的那種風格，則『其他一切，完全無足輕重。這比他所能做到的任何別的事，都更爲重要。』這比什麼都重要，因爲徹底研究起來，追求文字上的完美，也就是一種道德上的成就。海明威所以欽佩亨利．詹姆斯無疑也是爲了這個原因——同時詹姆斯也是最著重某種道德規律的要點的。（海明威在〈非洲的青山〉中，說他欽佩專門注重風格的名作家詹姆斯。）

言歸正傳。再說到海明威的世界：那些規律與紀律是重要的，因爲它們能夠予人生意義，否則他書裏所描寫的那種人生，似乎就沒有存在的理由了。換句話說，現代的世界已經沒有超自然的呵護，那是一個爲上帝所遺棄的世界；這樣一個世界上的人若能明瞭一種理論的意義，他理解的限度全在他是否能明確地認識那種道德的規律，以及是否能努力維持那種規律。他努力企圖明確地認識那種規律，維持那種規律，或許他的嘗試都是有限度的，不完美的；然而那種努力特別流露人性，它可以造成種種悲劇性或可憫憐的人性的故事。對於這一點，海明威的態度，和史蒂文生很相像。史蒂文生在〈塵與黑影〉那篇散文裏說③：

『——處處都有一些美德，有時是人們自己愛惜、保留下來的，有時是人們假意扮演的；處處都有一些思想上行動上的純潔；處處都有人類的無效的善良的標識。……在各種各樣失敗的情形下，沒有希望，得不到援助，得不到感謝，然而仍舊沒沒無聞地戰鬥著；美德是註定了失敗的，然而仍舊掙扎著，在妓院裏或是在絞台上，緊拉著一小片榮譽的破布，他們靈魂裏僅存的一點可憐的珍寶，不肯撒手！他們也許想逃走，然而他們不能夠；這不但是他們的特權與光榮，同時也是他們的悲慘的命運；他們命該具有高貴的品質，無法規避……』

海明威的規律較史蒂文生的更爲嚴厲，也許他知道信奉這種規律的人較少，但是他像史蒂文生一樣，能夠在社會的棄兒中找到他典型的英雄與典型的故事；而他也像史蒂文生一樣，感到這事實的動人的諷刺性。但是目前我們認爲他們兩人主要的相同之處是：史蒂文生心目中的世界，作爲戲劇的背景，演出的是可悲的向上的志願與艱苦卓絕的忍耐；這世界由他客觀的看起來，乃是一個狂暴的無義的世界——『我們這旋轉著的島嶼，滿載著弱肉強食的各種生物，比任何叛艦都更是血淋淋的……在太空中溜過。』這個世界並不是海明威所發明的，也不是史蒂文生所發明的。在他們之先，它早已出現文學中；換句話說，這悽慘的景象，在他們之先，已經開始使人感到煩惱。它也就是丁尼生在〈悼亡友〉④中所繪的世界（他描寫之後又否定了）；在這個世界裏，人類的行爲是『垂死的大自然界的泥土與石灰。』它也就是哈地與霍思曼所描繪的世界（他們並沒有否定它）；這世界如果冥冥中有主宰，似乎就是盲目的命運，如哈代在他的詩〈運命〉⑤中所說的；再不然，如果有個造物主，這造物主就是一個獸性的壞蛋，如霍思曼在他的詩〈栗子樹丟下火把〉⑥中所說的。這也就是左拉、特萊塞、康拉德或福克納的世界。至於這是什麼世界，我們可以用哲學家羅素所創造的名詞，稱它爲『世俗的忙亂，在太空中熙來攘往。』它是被上帝遺棄了的世界，『大自然即是一切』的世界。我們知道文藝界從哪裏得到這印象。他們是從十九世紀的科學家那裏得來的。這也就是海明威的世界——中心空空洞洞一無所有的世界。

與這自然主義的世界觀對立的，當然另有一派，相信上帝的智慧與上帝的宗旨的理論，這種主張的根本論據是大自然完美的體系與自然界的法則。他們的理論是：自然界縝密的秩序顯然是上帝的智慧所佈置的。但是我們如果向海明威指出這事實，說自然界是個井井有條的世界，他的答覆早經寫好，我們可以在他的短篇小說〈死者的自然史〉裏找到。在那裏，他引用了旅行家孟戈．派克的話。孟戈在一個非洲的沙漠裏裸露著身體，餓著肚子，卻觀察到一朵美麗的小苔花，他便這樣思索著：

『儘管這朵花似乎完全是無關緊要的一件東西；種植灌溉這朵花的造物者，卻煞費苦心，使它在這世界偏僻的一隅開得這樣完美，他怎能眼看著這些仿照他的形象造成的生物所處的環境，所受的痛苦，而毫不動心？當然不能夠。諸如此類的思想決不讓我絕望：我站起身來，不顧飢餓與疲乏，向前進行，確信不久就可以得到救濟；果然並不使我失望。』

海明威繼續寫下去：

『照史丹萊主教在《禽鳥通俗史》一書中所說，我們天性中具有某種傾向，易於感到驚奇，也同樣地易於尊崇膜拜。那麼，我們如果研究生物學的任何一支，怎麼能夠不因而加強信心、愛心與希望？這信心、愛心與希望，也就是我們每個人在人生的荒野中旅行所必需攜帶的東西。因此我們應當來研究一下：我們從死人方面能夠得到一些什麼靈感。』

海明威跟著就描寫一個現代戰場的畫面；在那裏，腫脹的腐爛的屍身是最好的例證，證明化學的自然程序；但似乎並不能加強我們的信心、愛心與希望。這畫面就是他的答覆。所謂『自然程序暗示這個世界是有意義的』，這種理論，不駁自倒。

他的短篇小說中有一篇題爲〈一個清潔的燈光明亮的地方〉。我們在這裏可以找到一段最好的描寫，最能代表海明威的狂暴的世界下隱伏著的另一個世界。在這篇小說的前部，我們看到一個老人，深夜坐在西班牙咖啡館裏。兩個侍者在談論他。

『「上星期他曾經自殺過，」一個侍者說。

「爲什麼？」

「他覺得絕望。」

「爲什麼絕望？」

「不爲什麼。」

「你怎麼知道不爲什麼？」

「他非常有錢。」』

超過了『非常有錢』之外的絕望——換句話說，世間一切幸福之外的絕望：在小說結束的時候，這種絕望的性質表現得比較明晰，侍者之中的一個單獨留在咖啡館裏，捨不得離開那清潔的燈光明亮的地方。

『他關了電燈，繼續與自己談話。當然是因爲這燈光，但是地方也必須乾淨愉快。用不著有音樂。音樂確是用不著。可也不能站著——時間這樣晚，只有酒排間還開門，但是站在櫃台前喝酒未免有損尊嚴。他怕什麼？並不是怕，也不是畏縮。是一種空虛，他過份熟悉的一種空虛。全然是虛無；人也什麼都不是。不過如此；而只要有燈光就夠了，要有燈光，而地方相當乾淨整潔。有些人在這裏生活著，而並沒有這種感覺，但是他知道一切都虛無，此後也是虛無；虛無之後，還是虛無，我們虛無之中的虛無，你的尊號應當是虛無；你的天國結果是一場空，你意志也落得一場空，在天空中如此，在空虛的大地上亦然。在今日的空虛中，請你賜予我們當日的空虛，請你否定我們的空虛，正如我們否定我們的種種空虛；請你空虛我們，請不要領導我們走入空虛中，而自空虛中救出我們；此後又是空虛。我們向空虛致敬，你充滿了空虛，你什麼都沒有。他微笑著站在一個酒排間櫃台前，櫃台上裝著一個亮晶的蒸汽高壓咖啡機器。

「你喝什麼；」酒排間夥計問他。

「什麼都不要。」』

最後那老侍者終於準備回家去了：

『現在他不再往下想，就預備回去，回到他的房間裏。他預備躺在床上，等到天亮的時候，終於睡去，他對自己說，歸根究底，也許僅只是失眠症而已。患失眠症的人一定很多。』

而這永不睡眠的人——成天想著死亡、世界無意義，與空虛、空無一物——是海明威作品中頻頻出現的象徵之一。海明威在這個階段裏，是一個宗教性的作者。超過了『非常有錢』之外的絕望——這絕望使人永遠無法入睡，比失眠症更嚴重；而感到這種絕望的人，他正是渴求宗教信仰的確定性，宗教信仰之賦予人生以意義，而不能在他的世界裏找到這信仰的基礎。

上面曾說過，海明威作品中另一個屢次出現的象徵是狂暴的人。但失眠的人與狂暴的人並非相反的象徵，而是相成的。他們代表同一個問題的不同階段，同一種飢渴，渴求這世界要有意義。兩個人本來只是一個人：失眠是因爲正在煩悶地默想著人生的虛無，宇宙的大混亂——『大自然即是一切』；（因爲『大自然即是一切』，也就等於道義精神的大混亂；就連自然界勇猛的公牛與獅子及扭角鹿，海明威雖然欽佩牠們，他並不將牠們看作自覺的自我鍛鍊的生物；牠們的毅力之意義，僅只限於牠能象徵人類的毅力。）狂暴是因爲他明瞭人生的虛無，因而採取某種適合這種感覺的行動。換句話說，他正在努力，企圖在一個自然主義的世界中發現人性的價值。

我們再往下討論之前，也許有人要問：『爲什麼海明威覺得尋求人性必須牽涉到暴烈的行動？』我們如對這問題作較徹底的答覆，勢必涉及現代文學對於暴烈的行動的整個的偏見。但是我們姑且將眼前的問題研究一下。典型的海明威書中主角是一個感覺到虛無的人，或是正在感覺到虛無的過程中。死亡是最大的虛無。因此不論書中主角得到任何答案，如果它是個正確的答案，那麼即使遇到死亡，這個答案應該也仍舊能夠應用。它必須是即使在鬥牛場上戰場上也能夠應用，不光是在書室或教室裏。事實是：海明威是『反知識份子』的，他極度藐視未經切身考驗而得到的任何答案。他最不討人歡喜的幾節文字裏有這樣的一段——又是在〈死者的自然史〉中——把這一點表現得十分清楚：

『我所看到的唯一的自然的死亡，除了失血致死之外（失血過多而死，並不算壞），就只有患西班牙流行感冒症致死。你害了這種病，簡直淹沒在濃液裏，喉嚨都給堵住了。怎樣知道病人已經死了？臨終的時候他雖然具有成人的精力，卻變成了個小孩，將床單作爲尿布，一口氣拉了滿床屎，這最後的一股子黃色大瀑布在他咽了氣以後仍舊不停地湧出來，點點滴滴流著。所以我很想看到一個自命爲人文學家的人怎樣死，因爲我和孟戈·派克之流的孜孜不倦的旅行家大多長壽，也許將來有一天能夠看見一個文藝圈內的人物當眞死去，可以觀察他們超逸的下臺姿態。作爲一個自然學家，我在構思中曾經想到這一點：文雅固然再好沒有，但總得有一部份人不雅，否則人類勢必絕種，因爲聽說傳種的姿勢頗不雅觀，極不雅觀，我因而想到這批人也許是「文雅的同居的結晶品」。但是，不管他們是怎樣生出來的，我希望至少能夠看見幾個文士的下場，推想蛆蟲怎樣試嚐他們的清修絕嗣金剛不壞之身；那時候他們那些清奇古拙的小冊子已經消滅得無影無跡，而他們所有的情慾也都已經一本清賬記載在註腳裏。』

因此，除了爲加強戲劇性（暴烈的行動能增加戲劇性），除了因爲這純是作者性格的關係（海明威描寫他自己，不止一次說他念念不忘死亡），他的作品特別適於表現狂暴的行動，因爲死亡是至大的虛無。人們如果從事劇烈的冒險，勢必戲劇化地面對虛無幻滅——海明威整個的世界內暗含著的虛無幻滅。我們現在再回到我們討論的主題。海明威書中主角是尋求人性的價值的，在尋覓過程中就遭遇到這種暴烈的行動。暴烈的行動具有不同的兩面，似乎能夠代表他對於自然界的兩種自相矛盾的感覺。

第一，他有一種感覺，我們姑且稱它爲自覺地沉浸到大自然中。依照這一種理論，我們可得到諸如此類的結論：如果在宇宙的中心只有虛無，那麼人生唯一的確定的補償——唯一的現實——就是肉慾的滿足，感覺上的享受。在他的長篇短篇小說中，我們不斷地發現這樣的句子，例如在〈非洲的青山〉裏：『……喝著這個，當天的第一杯，最好的一杯，看著我們在黑暗中經過的濃密的叢林，感覺到夜間的涼風吹在身上，嗅到非洲的好氣味，我完全覺得快樂。』這一類的句子永遠使人感到興趣的一點是：快樂這樣東西，我們習慣上向來把它與一種複雜的生活情形連繫在一起，涉及道德觀念與成功的觀念等等，而在這裏，快樂等於一套官能上單純的快感。謹慎地由官能辨別滋味，在他這是最重要的，永遠如此。

　如此強烈地感覺到那官能的世界，這當然是海明威早期作品的特徵之一，因而他的作品所給我們的強有力的最初印象彷彿格外新鮮澄淨。自然界的景象從來沒有像在他的作品裏表現得那樣鮮明；在文學的這一部門，夠格和他競爭的，在現代家中恐怕只有福克納，在美國前輩作家中只有梭羅。美國的草原、樹林、湖泊、有鱒魚的溪流，及西班牙的乾燥的鬼斧神工式的山嶺，出現在他筆下，都近在眼前，逼近得令人吃驚，而他並不是靠華點的描寫造成這親切感。他不但注意風景的外表，那清新的氣息一大部份來自感官的辨別力——涉水後，咕滋咕滋響著的皮鞋裏的水的寒冷；乾鼠尾草強烈的象味；野砲上抹的油的『清潔』的氣味[7]。海明威對於物質的世界的美麗的欣賞力與表現力是重要的，但是在這些美點的表現方式中卻暗含著一種奇異的苦痛；物質的世界的美麗是人類的劫難的背景；津津有味地賞鑑這美麗，僅只是對於絕望的一種短暫的補償，在劫難中可能有的苦中作樂。

他對於官能的世界的這種仔細的賞鑒，在醇酒婦人上達到了最高峰。對於他說來，酒是『驅妖除怪的法寶』，抵抗人們心目中的虛無幻滅思想的武器，性慾其實也具有同樣的作用，不過性的吸引力一旦達到了戀愛的程度，那就成了另外一種作用；那時人企圖在戀愛中得到一種意義，而不是企圖忘記這世界毫無意義。說到醇酒婦人，海明威書中主角生成是不銹鋼的肚子，而在戀愛技術上又像荷馬史詩中的英雄一樣武藝超群。書中的典型場面是戀愛，再加上喝一點酒，而背景是虛無幻滅——世界文明的毀滅，或是戰爭，或是死亡——在他所有的長篇小說裏，雖然表現的方式不同，內容都是如此，有許多短篇小說也是這樣。

然而我們應當記住，即使是在飲酒與單純的性慾的這種低級的水準上，人的行爲在他書裏仍舊不是糊里糊塗的，所謂浸到大自然中去乃是一種自覺的行動，並不是偶然發生的肉慾的滿足。在〈太陽照常上升〉裏，從柯恩與介克與白蕾忒的對照中，我們可以很清楚的看出這一點。柯恩不過是感覺享受的世界中一個偶一爲之的門外漢，而介克與白蕾忒是研究有素的老手，他們感覺到一切事物中心的虛無，所以他們的放浪具有一種哲學意義。凡是海明威的世界裏『得道的人』，一定將肉慾的滿足提高到一個程度，使它成爲一種信仰，一種紀律。

我們剛才已經指出，信仰肉慾很容易變成信仰戀愛至上，因爲表現一個典型的戀愛故事，大部份需要借重描寫種種感覺經驗的辭句。（下文詳細討論〈戰地春夢〉時，我們就發現那本書的特色與這種變化有密切關係。）就是戀愛至上主義這種信仰裏面，也是目前的一剎那最重要，個人最重要。戀愛故事裏從來沒有過去與未來，戀人們永遠是孤立的，他們不在通常的人類社會裏活動，他們不被社會上責任的圈子所限制。戀人是一種祕密的教派，由一班深知虛無的祕密的人們所組成；海明威的小說不斷地宣揚這種教派的思想。例如在〈戰地春夢〉裏，凱薩琳和佛萊德立克自己也清楚地感覺到他們倆站在一起，與全世界爲敵。而他們身在異邦，這世界確是一個陌生的世界，並不光是這麼說著打譬喻。如果把他們看作一種祕密的教派，佛萊德立克與那神甫的奇異的關係也帶著一種新的意義。這一點容後再討論，但是我們現在所以暫且說那神甫是一個信奉神聖的戀愛的神甫，他和佛萊德立克在醫院裏談話的題目是神聖的戀愛，而佛萊德立克自己是一種神甫——信奉肉體戀愛的神甫——最後並且成爲這種教派中的一個得道的人。一對戀人與全世界對抗，再加上一個了解他們的密友或是替他們做註解的人物——同樣的情形在〈戰地鐘聲〉重又出現，這次是加上辟臘，那個懂得『戀愛』的吉卜賽女人，她代替了〈戰地春夢〉中的神甫。

信仰戀愛至上的得道的人，他們都感覺到人世的虛無。然而，作爲這一個教派的教友，他們努力的目標是尋找一種意義，代替虛無。換句話說，他們企圖使戀愛關係具有一種宗教意義，因爲它能夠賦人生以意義。這個題材很普通，不是海明威所新創的。它是十九世紀文藝的題材之一——事實上它的歷史很長，比十九世紀久遠得多。不過在上一個世紀內我們發現許多作品，將它充分發揮。隨便舉一個例子，譬如安諾德的〈多伐海灘〉。在一個失去宗教信仰的世界裏，一對戀人只能在彼此身上找到生命的意義⑧：

『啊，愛人，我們得對彼此忠誠！
因爲這世界雖然彷彿
躺在我面前像夢之國土，
這樣變化無窮，這樣美麗清新，
其實並沒有喜悅，沒有愛，沒有光，
也沒有確定與和平，予苦楚以救援；
我們在這裏如同在昏暗的平原上面。
大地上橫掃著慌亂的掙扎與逃亡，

剛趕上愚昧的軍隊在黑夜打仗。』

如果信仰戀愛是起源於信仰官能，並且利用信仰官能的辭句來說明它，那麼它就是加劇地發展那典型海明威式的暴烈行動的『沉入大自然中』的一方面。但是它既然涉及一種規律，一種對『信心』的尋求，我們就該討論到這種典型的暴烈行動的另一面。

海明威書裏的狂暴，雖然由它的第一方面看來，是代表一種消沉，沉沒到大自然中，然而在它的第二方面看來，它是代表征服大自然，征服人生的虛無。它代表征服，並非因爲事實上有暴烈的行爲，而是因爲那暴烈的行動是以紀律的姿態出現，同時也就成了一種風格，一種法規。我們已經看出那些書中主角都是爲了一種自動制定的紀律，因而英勇地——雖然效力有限——努力企圖補救這世界上的混亂；他們想把他們的已經亂七八糟的生活硬添上一點格式：鬥牛士或獵人的技巧、兵士的紀律、戀人的忠貞，或是甚至是流氓的幫規——這種幫規雖然殘酷，而且顯然使人失去人性，卻也自有其一套倫理。

這種紀律、這樣格式從未有足夠的力量能克服這世界，然而你還是得對紀律效忠——這也是戰敗者應有的氣度。書中主角對它效忠，因而能夠留下一小塊乾淨土，『清潔』、『燈光明亮』，能夠在最後一刹那保持他的尊嚴，或是在最後轉變的時候，獲得一種尊嚴。正如那老西班牙侍者默想著的，應當有一個『清潔的燈光明亮的地方』，讓我們在夜深的時候保持我們的尊嚴。

我們早先曾經說過，海明威的典型人物是硬漢，外表上看來是神經痲木的。然而僅只是外表上如此，因爲他對於一種法規與紀律的效忠，也許正表示他是敏感的；書中人物藉著這種敏感，間或能夠看出他們眞正的危殆的處境。有時候——大都是在緊張的情形下——眞正感覺到憐憫或悲劇性的人，倒是海明威的世界裏的硬漢。個人的硬性（所謂『硬性』可以釋做世界向各個人所要求的私人紀律）也許會和自然的人性發生衝突；海明威書中的主角雖然也許覺得那自然的反應相當有道理，究竟那是人類天然的情感，但是他不能向它投降，因爲他知道他若要保存他自身所以存在的意義，保存『榮譽』或是『尊嚴』，唯一的辦法是維持那種紀律或法規。舉一個例子，當憐憫在海明威的世界中出現的時候——例如〈追踪競賽〉中——憐憫的表現毫不誇張，而是儘量的壓制著，小得不能再小。

就文字風格與技巧而言，要達到這種效果，就得利用『輕描淡寫』的筆法。這種輕描淡寫的出發點是敏感與加在它上面的紀律，二者之間的對照。海明威的作品永遠具有這種特色。《紐約客》雜誌上有一幅漫畫曾經抓著這一個特點。這張漫畫畫的是一隻強壯的筋絡虬結的手臂與一隻毛茸茸的手，手裏緊緊抓著一朵玫瑰花。題目是〈海明威的靈魂〉。海明威書中人物的失敗並不是全部失敗，他們可能在作戰中陣亡，而在戀愛方面得到成功；同樣的，他們那獸性的世界，外表上看來雖然神經麻木，其實也稍稍保留著一點備而不用的敏感。因此海明威的書裏就發生一種諷刺性的情形——某種諷刺性的情形作爲中心點，全本書裏看來就瀰漫一種諷刺。所謂諷刺性的情形者，指的是：他書中最不像樣的人或是最不像樣的場面反而能夠表現出他作品中的典型品質——如〈追踪競賽〉、〈殺人者〉、〈我的老太爺〉、〈一個清潔的燈光明亮的地方〉或是〈不敗者〉幾篇短篇小說都是如此。〈不敗者〉這一故事是一個最好的例子。年老的鬥牛士失敗之後，躺在手術床上將開刀，鬥牛助手蘇利多正要替他剪掉辮子——那是他的職業的記號。但是那受了傷的人忍痛坐了起來，說，『你不能幹這樣的事。』於是蘇利多就說，『我是開玩笑。』蘇利多發覺那年老的鬥牛士到底也可以說是並未失敗，他有權利保全辮子而死。

在最不像樣的人們、最不像樣的場面裏可以發現詩意、哀愁與悲劇性——這並不是海明威的創見；這是浪漫主義運動以來，我們的文藝中經常見到的一種作風。這種作風的特點是不過份誇張敏感性，用一種反浪漫的外表來遮蓋浪漫主義內容的作品；要點是樸素的外表與豐富的內容之間的對照。海明威所選擇的是腦筋簡單的人物，華滋華斯詩裏的人物也大致如此，二人正是出於同樣的動機。華滋華斯覺得他的天眞的農民比起文雅之士來，他們對於人生的反應較為誠懇，因此比較富於詩意。海明威的作品裏沒有華滋華斯式的農民，卻有鬥牛士、兵士、革命家、獵人和流氓；沒有華滋華斯式的兒童，卻有像聶克⑨之類的青年，剛要踏入社會的人。當然華滋華斯與海明威著手的方式是有其不同之點，然而他們同是保留一種備而不用的敏感性，在這一點上沒有多大分別。從某一方面看來，他們兩人的態度都是『反知識份子』的；在〈決斷與獨立〉或〈邁戈〉⑩之類的詩裏可以看出兩人之間更密切的關係。

剛才我指出華滋華斯與海明威之間，基於浪漫性反知識份子主義的相同之點。但是在這一點上，海明威的看法更為深刻，態度更為激烈。只要把華滋華斯的〈抒情短歌序〉⑪與海明威不勝枚舉的許多章節並列，立即可以看出這分別。十八世紀理智主義只是將一種公式化的語言像面幕似地罩在整個的世界上，而又藐視人類的經驗中的一大部份，使它們也面目模糊。華滋華斯所控訴者為此。海明威所控訴者卻不同，他認為維多利亞時代的理智主義結果搞出了一九一四年至一九一八年的泥淖與血；這種理智主義只是謊話連篇，領導我們走向死亡。我們不妨舉出『戰地春夢』中的一節，和華滋華斯的序文比較一下：

『「神聖」、「光榮」、「犧牲」、「白白犧牲」這些字眼永遠使我窘迫。這些辭句我們久已經聽慣見慣，有時候站在雨中，站得太遠幾乎聽不見，只有大聲喊出的幾個字可以聽到；也曾經讀到這些，在告白上——張貼佈告的人隨手黏貼在別的告白上的告白——而我從來沒有看見過任何神聖的東西，而光榮的事物也並不光榮，而犧牲也像芝加哥的屠場，假若屠場僅只把肉埋葬起來，不作他用。許許多多字眼都是不堪入耳，結果只有地名是莊嚴的。……具體的村莊的名字，道路的號碼，河流的名字，部隊的番號，日期。抽象的字句如同「光榮」、「榮譽」、「毅力」，或是「神聖」，相形之下都是穢褻的。』

我並不是說一般文章風格的改革與反抗十九世紀特殊的理智主義乃是第一次世界

大戰的後果。事實是：這種反抗在戰爭爆發前早已在進行。但是對於海明威，對於許多別人，戰爭使這局勢格外深入，格外迫切。

也許我們可用下面的方法分別此中的深淺程度：華滋華斯是個革命家——他確實有一種新的世界觀——但是他的革命性的世界觀留下大塊空白，有許多地方都沒有接觸到；例如他並不想革英國教會的命。下一代的安諾德與丁尼生雖然自身並不是革命家，卻是更深沉地被革命的局面所激動，遠比華滋華斯爲甚；這就是說：在他們看來，世界上成問題的東西更多。他們對於許多社會制度都發生疑問——更爲基本性的疑問。但是他們總算拉著了他們的英國國教的上帝與英國政治制度不放。到了哈地，動亂的部份更爲擴大，能夠保全的部份大爲減少。他像早期的維多利亞時代的人物，一種強烈的集團的感覺支持著他，使他能夠應付這宇宙；在他看來這宇宙是並不友善的，至少是中立的，上帝是沒有的——安諾德與丁尼生最後並沒有得到這樣的結論。但是他的集團是社會制度的基礎，是一種人性的交流，而事實上社會制度卻不斷地破壞這種交流。這種破壞正是源源不絕的文藝題材，源源不絕的諷刺。然而哈地仍舊可以稱爲一個改良主義者。

但是在海明威，雖然他也有一種祕密的集團，範圍卻大大地縮小了，而它的定義也比較特殊化。它的會眾只限於諳曉幫規的人。他們到處都能夠認出誰是同門弟兄，他們知道用暗號，用祕密的握手方式，但是他們人數太少，每一個人都需要與全世界對抗，如同一個受傷的獅子被一羣豺狼包圍著，等著坐吃牠的屍骨。（〈非洲的青山〉把豺狼給我們作爲象徵——豺狼的死亡是滑稽的，因爲牠整個地代表食慾，醜惡地……牠受了傷就吃自己的腸子。）而且這種秘密的結會並不是建設性的；海明威不是改良主義者。事實是我們可以找到許多暗示，在他的思想背後與他的作品背後似乎潛伏著一種斯賓格式的歷史觀⑫：我們的文明正在破壞中。關於這一點，〈非洲的青山〉裏表示得最明顯：

『只要我們一來到，一個大陸很快地就老了。土著的生活是與大地打成一片的。但是外國人到處破壞、砍樹，疏導池沼製造乾地，使供水量改變；在短短的時間內草皮一經刨除後，就把泥土掀了出來，然後泥土就被風吹跑了，在每一個古老的國家，泥土都給吹跑了，我在加拿大親眼看見過，那裏的泥土正開始給風吹掉。大地給剝削得感到厭倦起來。一個地域很快地就疲乏了，除非人類將剩餘物資——人糞和畜牲的糞便——交還大地。他一旦停止用牲畜，改用機器，大地很快地就打敗了他。機器不能生育，也不能給土地施肥，它吃的又是無法栽種的東西。一個地域最初是什麼樣子，那它天生就應當是這樣。我們是不速之客；也許我們把這地方給毀了，我們死後它仍舊在這裏，我們也不知道此後有什麼變化。大概結果全都變成像蒙古一樣。

『我要回非洲來，但並不是藉此謀生……。我要回到我喜歡住的地方；住下來眞正生活著。不僅只是讓我這一輩子就這麼過去。我國的人民當初到美國去，因爲那時候這地方去得，他們去正合式。那曾經是個好地方，後來被我們搞得一團糟，我現在要到別處去——我們永遠有權利到別處去，也確實不斷到別處去，反正去了還可以回來。讓別人儘管到美國來——那些人不知道他們來得太遲了。我國的人民曾經看見它當初的好日子，也曾經爲它作戰，那時候確是值得爲它一戰。現在我要到別處去。』

他這一次表示意見，最爲明確，但是他暗示這一種人生觀，例子很多。一般的人類集團，一般的人類計畫，統統不行了，完了。剩下只有那祕密的小集團；而組成那小集團的正是脫離大集團的個人主義者——這彷彿是故作反語——他們是夠堅強的，沒有那些人云亦云的憧憬與謊話或高調，也照樣能活下去。至少，直到他寫〈有與無〉是如此。在〈有與無〉及〈戰地鐘聲〉裏，海明威企圖將他那個人主義的英雄還給社會，使他與許多別人的命運得失相共。

我們現在再說到華滋華斯與海明威。同一題材，在華滋華斯的作品裏僅只是單純的或是天眞的，而在海明威的作品裏是狂暴的：流氓或鬥牛士代替了小孩或採集吸血蟲的鄉民。海明威的世界是一個較混亂的世界，他書中人物的敏感與他們周圍的世界成爲更富諷刺性的對照。目前我們最需要研究的僅限於他的抑低敏感性，以蠻強的幫規作爲刀鞘套在外面，掩蔽了敏感。這裏可以引用女作家史帶茵女士⑬的頌讚：『海明威是我所讀到的最羞澀、最驕傲、最芳香的說故事的人。』但是這種羞澀是表現在諷刺中。當然，在這一點上，海明威的諷刺與拜倫的諷刺正是相同。但是他和拜倫的關係比這更深，更基本性。必須使一個經驗豐富鐵石心腸的人也不得不感到憐憫，否則這憐憫便不足稱道了。因此海明威和拜倫都特別重視殘暴的經驗。溫德亨・路易士所謂〈蠢牛〉⑭就是華滋華斯式的農民，可是拜倫式的貴族是一個奉行『硬漢』幫規的硬漢，一個『得道的人』，一個愛好榮譽，養成英勇犧牲和不怕死的精神的人。海明威的失敗與他的成功同是由這種情形而起。假如他接受了他的前提的種種基本上的限制——那就是說：劇情與典型的海明威式的意識之間保持均衡，一切諷刺與輕描淡寫之筆也都前後一致，有條有理，這樣的作品就是他的成功之作。

反顧他失敗的作品之所以失敗，正是因爲我們有時候覺得海明威沒有顧到他的前提的種種限制。那就是說：戲劇性只是出於賣弄，狂暴也似乎只成了演戲。在這一類的例子裏，那典型海明威式的諷刺與輕描淡寫的筆法彷彿過於矯揉造作。舉一個例子，我們來看看海明威最引人注目的失敗的作品——〈有與無〉。這篇小說的意識是基於走私者與沿碼頭停泊的遊艇的闊主人之間的對照。但是那諷刺根本是一種無的放矢沒有中心的諷刺。這本書裏的諷刺是淺薄的，因爲——正如《黨人評論》雜誌上一位批評家所指出[15]——走私者與富人之間唯一的分別是：富人的搶劫是成功的。走私者臨死的時候在他的小輪上突然醒悟：『一個人幹是……搞不好的。』這算是一種省悟，但這種省悟毫無意義，因爲它與書裏面的實際戲劇化場面沒有關連。這根本是由於作者沒能夠憑理智來分析。同樣的，經過大吹大擂的〈雪山盟〉也是失敗的作品。

有許多人說〈有與無〉與〈戰地鐘聲〉代表他的觀點上的基本性的改變，放大了我所謂『秘密的小集團』，就是把個人主義的英雄投送到社會裏去。無疑地，這兩本書的命意是如此，但是這兩本書（一本是壞書，一本是好書）的氣質仍舊是原來的氣質，書中人物也仍舊是原班人馬；在明晰的命意下潛伏著的許多假設的情況，也仍舊和以前一般無二。

海明威的作品往往犯單調與自我模仿的毛病，這又是由於製造戲劇性場面的失敗。海明威要把他的理論用戲劇的方式表現出來，但是他所能描寫的場面就是這麼基本的一種，人物也是這麼一斑。剛才我們看出他書裏只有兩種主要人物（一種是失眠的人，一種是狂暴的人），此外不過給這兩個角色稍微改頭換面，作爲對照或襯托之用。這裏我們可以順便提一句，他寫得最好的女角與男角沒有什麼分別；那就是說，她們代表海明威作品中典型的男性的美德與觀點。

但是這單調並不只是由於典型人物的單調；單調的原因是作者的感能的限制，使他只對一個問題發生興趣。換了另一種較富彈性的感能，能夠辨出較細微的分別，就也許能夠在這些主要人物與局面之中發現千變萬化。但是海明威的成功至少是部份地由於他有時候能獲得二者之間的緊密合作——一方面是人物與情境取得一致，另一方面是文字風格中的確能把他的感能反映出來。

他的文字是十分簡單的，甚至於簡單到單調的程度。他的典型的句子有時是單句，有時是複句；如果是複句，裏面語句的連繫也並不含有微妙的意義。他的典型的章節結構的基礎，僅只是簡單的次第串連，這種風格與作者筆下的人物以及場面顯然有關係——因爲人物和場面都是狂暴的，文字再一華麗，就可能成爲灑狗血式的低級趣味。（然而同時他的作品裏也有較流利的抒情筆調，這樣的例子在長篇小說裏尤其多，但這種流利也是全靠多用一兩個連接字and。這是一種韻節的流利，而不是邏輯的流利。而那抒情的性質僅只是那種備而不用的敏感性的表現；只要分析它在什麼情形下出現，就可以證明這一點。）但是這問題還有較基本的一面，不但涉及書中人物的感能，而且涉及作者的感能。他的書裏那種短促簡單的韻節，語氣輕重均等的短句一連串地啣接著，很少用附屬的辭句——這都是暗示，用以表現出一個七零八落不能一致的世界。生活在這世界的人物，只顧得餬口，而且他們的生存僅限於在感覺方面，思想上的生活根本沒有。所以海明威的文章也不在思想謹嚴上取勝了。

二

〈戰地春夢〉是一個戀愛故事。僅僅作爲兩個戀人私生活的敘述，這已經是一個動人的故事；若是我們看到這一對人的剪影映在戰爭的火光一條條劃過的黑暗背景上，映在一個坍塌的世界上，映在宇宙的虛無上，那故事就更動人，更有意義。因爲這戀愛故事後面另有一個故事，那故事是怎樣在這世界上尋求意義與確定的信心，而這世界上彷彿絕對沒有這種東西。從某方面看來，這是一部宗教性的書；即使它並不給我們一個宗教性的答案，它仍舊以宗教問題爲憑依。

這本書開始的第一場，雖然彷彿很隨便，我們如果要明瞭這故事裏的較深動機，這一場卻很重要。這是軍官食堂裏的一幕，大佐設法激怒那神甫。『神甫每天晚上五對一，』大佐向佛萊德立克解釋。但是佛萊德立克並不跟著大夥打趣那神甫。他與那神甫之間有種同情，他們倆都感到這同情的存在。後來這表示得很明白：軍官們勸告佛萊德立克，在他的假期內應當到哪裏去，可以找到最好的姑娘；然後那神甫轉過身來向著他，說他想請他到亞勃魯西去，那是他的故鄉：

『「那兒可以打獵。你一定會喜歡那兒的人；雖然冷，但天氣好，乾燥。你可以住在我家。我父親是個著名的獵人。」

「來來，」大佐說。「我們到妓院去，就快關門了。」

「晚安，」我對那神甫說。

「晚安，」他說。』

這裏預先給我們一個對照，軍官們邀請書中主角到妓院去，而神甫邀請他到寒冷晴朗乾燥的鄉間，這就是這部小說的中心問題，在這裏以最簡單的形式出現。

佛萊德立克那天晚上確是跟著軍官們出去逛，在假期內他也確是到城裏去冶遊，『到咖啡館的煙霧中，夜間，房間就像天旋地轉，要它停止，得緊盯住牆。夜裏在床上，喝醉了，你知道不過就是這麼回事，早上醒過來卻有一種奇異的興奮，不知道誰跟你在一起，在黑暗中那世界全不像眞的，使你那樣興奮，非繼續下去不可，晚上又是那樣，什麼都不知道，什麼都不放在心上。』佛萊德立克在小說開始的時候，生活在一個漫不經心的無意義的色慾的世界裏，他知道這就是一切，一切，一切，或者可以說他自以爲知道。但是這裏潛伏著一種不滿與憎惡。他假滿回來之後，坐在軍官食堂裏，想告訴那神甫他懊悔沒到那晴朗寒冷乾燥的鄉間去——那神甫的家鄉，這裏它有一種恍恍惚惚的象徵意義，代表另一種生活，另一種世界觀，那神甫對於這一個國度是一向熟悉的。

『他一直知道我所不知道的東西，即使我知道了後又總是能夠忘記的東西。但是我那時候不知道，不過後來我曉得了。』

佛萊德立克後來知道了什麼，就是這本書裏的戀愛故事背後的故事。

但是這主題並不只是在小說的開端加以說明，此後就被吸收到動作中。它後來又屢次出現，在緊要關頭上，用來劃清動作中的意義的線條。例如當佛萊德立克受了傷的時候，那神甫到醫院來看他。他們的談話將這部小說的宗教意義表現得更清楚。那神甫說戰後他想回到亞勃魯西去。他繼續說下去：

『「沒有關係。但是在我們鄉下，大家都知道一個人可以愛上帝。這並不是一個穢褻的笑話。」

「我不明白。」

他看看我，微笑了。

「你明白，可是你不愛上帝。」

「不愛。」

「你一點也不愛他？」他問。

「有時候在晚上我怕他。」

「你應當愛他。」

「我很少愛什麼東西。」

「不，」他說。「你能的。你告訴我那些晚上的事。那不是愛，那不過是熱情和淫慾。你一旦愛上了，你就想給它做點事。你想為它犧牲。你想為它服務。」

「我什麼都不愛。」

「你將來一定會。我知道你一定會。那你就會覺得快樂了。」』

這裏有兩個要點。第一，海明威把佛萊德立克確定為一個永不睡眠的人，念念不忘虛無的人。第二，在這小說的這一個階段，第一部的結尾，他和凱薩琳的戀愛故事的眞正的意義還沒有明確地表現出來。它仍舊在色慾的水平線上。那神甫的任務是指出這故事的下一階段，怎樣發現愛的眞正性質，怎樣『想給它做事』。他做到了這一點，因爲他指出神聖的愛與世俗的愛之間相同之點，而這相同之點暗示佛萊德立克的尋求人生意義與確定信仰。作者更進一步著重描寫這觀念，在那神甫離開以後，佛萊德立克默默地想著亞勃魯西的高爽鄉土，那神甫的故鄉，那地方已經被賦予一種象徵意義，代表宗教性的世界觀。

在書中第二部的中段（第十八章）那戀愛故事開始染上那神甫預言的意義，兩個戀人之間的一小段對白指出了這一點。

『「我們不能想辦法私下裏結婚麼？倘若我出了什麼岔子，或是你生了個孩子。」

「沒有別的辦法結婚，非得通過教會或國家。我們已經私下裏結了婚了。你知道，親愛的，我要是信教，那我一定把這個看得比什麼都重要。可是我不信教。」

「可是你給過我一個聖安東尼像。」

「那是希望你運氣好。也是別人給我的。」

「那麼你沒有什麼不放心的？」

「那只怕他們把我調走，不讓我跟你在一起。你是我的宗教，我除了你，什麼都沒有。」』

又有一次，在第四部將近結束的時候（第三十五章），佛萊德立克與凱薩琳正要動身逃到瑞士去，佛萊德立克和一個朋友（年老的格萊菲伯爵）在談話。伯爵正在說他認爲威爾斯的小說『勃立忒林先生看透了』是英國中產階級的靈魂的極好的素描。但是佛萊德立克將『靈魂』這名詞歪曲的解釋成另一個意義。

『「我不知道靈魂到底是什麼。」

「可憐的孩子，我們誰都不知道。你信上帝嗎？」

「晚上相信。」』

後來在同一段談話中，那伯爵又回到這題目上：

『「要是你將來有一天虔誠的信起教來，請你在我死後替我禱告。我要求好幾個朋友替我祈禱。我以爲我自己會變得虔誠起來。我們一家子都在逝世前變成虔誠的信徒。可是不知道爲什麼，我始終沒有這樣的一天。」

「還早呢。」

「也許太晚了。也許我年紀太大，無法再有宗教感情。」

「我自己的宗教感情也只有在晚上才有。」

「你還在戀愛著。不要忘了，這也是一種宗教感情。」』

在這裏，作者又給佛萊德立克下了定義，他是那永不睡眠的人，同時又奠定了世俗的愛與神聖的愛之間的關係。

最後凱薩琳死了，佛萊德立克發現企圖用私人關係的有限的意義來代替普遍的意義，是註定了要失敗的。它之所以註定了要失敗，是因爲它可能遇到世間一切的災禍，而在這個世界上，人類就像露營篝火燃燒著的一根木頭上跑來跑去的螞蟻；在這世界上，死亡正如凱薩琳在她自己臨終前所說的，『不過是造化弄人，一個惡劣的騙局。』但這並不是否認努力的價值，或是否認紀律的價值——紀律，幫規，堅忍，這一切能使下面這句話成爲事實（至少一半是事實）：『勇敢的人從來不會出岔子。』（nothing ever happens to the brave.）

談到典型海明威式的紀律問題，我們又得回到這本書的開端，研究佛萊德立克開始努力奮鬥的時候，他的處境是怎麼的。我們已經提到食堂裏的軍官們與那神甫。這種對照是基於人生的意義這問題，有一個人感覺到這問題的存在，又有一些人不感覺到它的存在，而僅是隨波逐流，聽憑偶然的事件的支配；這是有紀律的人與無規律的人之間的對照。但是那對照並不僅只是在那神甫與軍官們之間。佛萊德立克的朋友，軍醫李納爾狄，在這對照中也是站在神甫這一邊的。他也許和他的軍官同僚們一同到妓院去，甚至於稍稍打趣神甫兩句，但是他和佛萊德立克的私人關係顯然指出他是這一邊人；他是一個『得道的人』。而我們曾經看出，在海明威的世界裏，即使僅只是一種技術上的訓練，（例如藝術家的風格或是運動家或鬥牛士的規矩，）也可能寓有一種道義上的價值。『我已經到了這地步』，李納爾狄說，『只有在工作的時候我才覺得快樂。』（『已經到了這地步，』因爲尋找感官上的快感已經不能滿足李納爾狄。）後來作者說到那第一個診治佛萊德立克傷腿的醫生，這一點表示得更清楚。這醫生沒有才能，不願意負責作任何決定。

『他回來之前，這房間裏來了三個醫生。我發現行醫失敗的醫生往往喜歡成群結隊，彼此互助，商討病情。不會給你好好地割掉盲腸的醫生，他往往把你介紹給另一個不會給你順利地割掉喉蛾的醫生，這就是三個這樣的醫生。』

另有一個范倫鐵尼醫生正和他們成爲對照，他是肯負責的，而且——這彷彿是他扮演角色的標誌——他的言談與李納爾狄相彷彿，用同一種打趣的諷刺性的語氣——這語氣是一個『得道的人』的標誌。

因此這小說的世界分爲兩個集團，得道的人與未得道的人，有感覺的與無感覺的，有紀律與無紀律的。第一個集團裏有佛萊德立克、凱薩琳、李納爾狄、范倫鐵尼、格萊菲伯爵、剪紙像『剪著玩』的老頭子，還有帕西尼、馬耐拉，及佛萊德立克麾下的其他救護車員。第二個集團裏有食堂裏的軍官們、庸醫、『合法的英雄』艾陀爾，及那些『愛國者』——這些人都是不知道眞正的賭注是什麼，他們被堂皇的名字所左右，他們沒有紀律，他們是濫搞的人，向事物的潮流與幻想投降的人。這第二個集團是這小說的環境，是它的上句與下文；尤其是佛萊德立克的出發點——他由這裏走向他最後的徹悟。

我們才說過，這最後的徹悟的意義是：個人還是不得不依賴他自己個人的紀律與個人的忍耐力。書中主角脫離了人群，脫離了這亂世——書中以卡披萊托潰敗的軍隊象徵這混亂的世界。正如馬爾柯姆．考萊⑯指出，佛萊德立克從戰場警察手中逃去之後，縱身跳入汎濫的塔格里亞曼托河，這是有象徵意義的，這好像是一種宗教儀式。

經過這次的『洗禮』，佛萊德立克投生到另一個世界裏；他進入了『個人』的世界，不再受社會的支持與牽絆。

『憤怒在河中沖洗掉了，我的責任感也給沖跑了。其實那責任感在警察把手擱在我的衣領上的時候就已經停止了。雖然我不大注意外表，我很想脱掉制服。我把星徽摘了下來，但那是爲了方便。與榮譽無關。我並不反對他們。我不幹了。我祝他們運氣好。這些人裏面也有好的，也有勇敢的，有鎮靜的，也有明白事理的，他們應該成功。但這不再是我的戲了。我希望這該死的火車快點開到邁斯忒勒，好讓我吃飯，不再往下想。』

於是佛萊德立克作了一個決定，與〈我們的時代〉的青年聶克做出同樣的事，不過聶克是受了傷，所以這樣做[17]。他與德軍『各別議和』。從塔格里亞曼托河的洪水中，海明威的主角站了起來，提出他純淨的本來面目，人類的歷史與責任全給沖洗得一乾二淨；他準備演出他這齣特殊的戲劇的最後一段，從他不可避免的失敗中學習這一課：孤獨地忍受痛苦的勇氣。

三

我們若是企圖給海明威的全部作品（或者單是這部小說）下一個最後的考語，現在還不是時候。究竟什麼時候是下『最後的』考語的時候，當然也很難說。也許永遠沒有定評。但是我們可以談談某些人反對他的作品的理由。

第一，有種人說他的作品是不道德的，或是穢褻的，或是無恥的。〈戰地春夢〉初版發行的時候，這種抗議就在各方面紛紛出現。例如羅勃·赫利克⑱，他自己也是個有聲望的小說家，就曾發表過這樣的意見，他說政府如果有任何理由禁止書籍刊行，那就有理由禁止這本書。他說這本書沒有意義，只不過是一種『縱慾』，又有『閨閣氣』，又將他的看法下了個總結，稱它爲『垃圾』。這種反對大致已經烟消雲散，但是它的迴聲仍舊有時候可以聽到，偶爾有些老頑固，或是高尚而愚昧的道學先生，反對〈戰地春夢〉用作大學英文讀物。

我們對於這種抗議的答覆，也就是對那些人控訴這本書沒有意義的答覆。作者的人必須證明本書確是在嚴肅地處理一個道德問題與哲學問題——不管這是好現象還是壞現象，在現代社會中這個問題的確是存在的，大致和海明威所說的一樣。這就是說：即使這本書的結局，並沒有給我們一個能夠普遍地被接受的答案，這本書仍舊代表一種道德上的努力，它是人類的意志企圖獲得理想的價值的又一記錄。至於它對於某些讀者或者有壞影響，對於這一點，我們最好的答覆也許是引用哈地的話。哈地現在是成爲神聖的偶像了，但是他最享盛名的小說《苔絲姑娘》與《沒沒無聞的珠德》以前都曾被教條主義的衛道者所攻擊，他還有一本書曾被一個主教燒燬。哈地這麼說：

『這種懇切的逼眞的描寫，有時候書中人物的行徑並不是好榜樣，也並不是善有善報，惡有惡報，對於愚鈍的心靈是否有壞影響，這一點我們大可不必仔細考慮。一部長篇小說，如果使一打傻瓜受了致命傷，而對於健康正常的心智是一帖興奮劑，那它就有理由存在；而且，即使是心地最最純潔的作者寫出來的小說，遇到一個道德上不健全的人，也許照樣能夠傷害他。』⑲

第二，有人說海明威的作品——尤其是在〈有與無〉之前的一個時期——與社會沒有關係，說它脫離現代生活的主流，說它不關心社會的經濟結構。有些批評家大致抱著這種看法，他們認為海明威是外來的奇花異草，也許像康拉德，也許像亨利．詹姆斯⑳。我們駁覆這種反對，可能採取好幾種辦法。有一條辦法在下面這一段文字中說得最透澈，只要將海明威的名字代替康拉德：

『假如有人說康拉德完全不理會現代文明中潛伏在人與人的關係之下的經濟與社會的背景，這種批評不能算是對康拉德的指責，因為康拉德從來不去研究這種關係。馬克思主義者不能指控他怯懦或是說謊，因為康拉德自有其長處，這種指控與他毫不相干。（作者按：可是把這句話移給海明威，這和〈有與無〉以及〈戰地鐘聲〉或者不能說毫無關係。）一個相信某種理論的人，也不得不承認：歷史上是有許多偶然的意外事件，是他的理論所不能包括的。而一個作家若是寧願討論這種意外事件，而不去討論那些歷史的因果的主流中的事件，那麼另一個人即使相信經濟決定一切，或是其他什麼東西決定一切，也只好聳聳肩膀，說這種事件對於學生們沒有他自己所選出來研究的事件那樣富於教育性；但是他不能控訴那位作家說他是說謊或是歪曲事實。』——大衛．戴茜[21]

大衛．戴茜是可能將海明威看作奇花異草的一幫批評家中最幹練的一個，但上面這些話自己也不得不承認。但是我們還有第二種反駁的辦法，我們可以著眼於前面這段裏『教育性』這個名詞，提出一個問句：以小說作爲小說來看，我們期望它給我們怎樣的教育？我們期望小說給我們教育，是否在同一水平上，與大學一年級必修政治學或大學二年級必修經濟學給我們的那種教育直接競賽？果然如此，那麼莎士比亞與濟慈就落選了，而左派作家如辛克萊之流就可以當選了。

也許在這情形下，『教育』並不是一個適當的名詞。小說到底有什麼教育上的價值，是一個眾議紛紜難以解答的問題，但是我們不妨這樣說：好小說給我們的是一種有力的『意象』，表現人性要想充實他自己的一種嘗試，使我們感到振奮，而並不是照抽象的說法來教育我們。經濟上、政治上的人，那都是人性的重要的一面，可能作為一部份的小說題材。但是經濟上的人與政治上的人並不是人的全部，別的事也許也還夠重要的，值得一個作家加以注意——例如慈愛、死亡、毅力，有關榮譽的事件、道義上的顧忌。一個人和別人共同生活，不但牽涉到經濟上政治上的安排，也牽涉到道德上的安排，而他還得要和自己共處，他得要給自己下一個定義。的確，我們可以說，事實上這一切全都互相牽連著，如果有人堅持一個作家應當去說教，不應當集中光線在某一方面，造成一個明晰的戲劇化的焦點，那恐怕是危險性的教條思想。

同樣，如果堅持海明威的思想與現代生活無關，那或者也是危險性的教條思想。海明威這種思想確是存在，而且激動了許多人，僅僅這件事實就證明它們與社會有關。我們不妨換一個方式表現這主題；如果嫌他只有很少的幾種基本觀念，因而反對他的作品，這或者也是教條思想。文藝的歷史似乎表示好的藝術家也許只有極少的幾種基本觀念。他們也許有很多的觀念，可是所謂觀念並不過著民主化的互有取予的生活，和悅友善的生活。不，眞正能發生作用的往往只是一兩種基本性的魂縈夢繞近於瘋狂的觀念。一個藝術家可以引用宗教改革者薩方納羅拉㉒的話：『我的觀念很少，然而是偉大的。』藝術家所謂偉大的觀念，是他所能強烈地感覺到，強烈的省悟到的觀念——而並不是普通大家公認的『重要』的觀念。很多人相信一種觀念的重要性也許是這觀念之所以偉大的『條件』之一，但並不是它的偉大的要義所在。

一個藝術家也許只需要很少的『基本』觀念，但是我們估定他的作品的價值，除了看它強烈的程度，此外必須採用另一種標準。我們必須採用廣闊的程度作爲標準。

一個作家的基本觀念不可能在孤立的狀態中發揮它們的作用；或多或少地，它們的作用是靠征服別的觀念。或者換句話說，小說中的焦點是經驗的焦點，這就牽涉到經驗的廣闊程度，我們就有了另外一個批評的標準——廣闊程度的標準。這裏也許用得著舉一個例子。我們已經說過海明威很關心榮譽上的顧忌，這是他作品裏的基本觀念之一。但是我們發現他只把這觀念應用在一個相當小的經驗範圍中。事實是：他從來沒有寫過這樣一個故事，裏面的問題是如何給那種顧忌下一個定義，也從來沒寫過一個故事，裏面所說的榮譽需要遲緩艱苦地逐日克服煩瑣的困難。換句話說，他的觀念只受一個相當小的經驗範圍的考驗，彷彿是一種特別挑選出的經驗，與有限範圍的一些人物。

但是在這範圍內，只要在一個地段他能夠找到合意的材料，別的與他基象觀念競爭的觀念又不太逞強侵犯這區域，海明威的表現能力是非常有力的，強烈的程度也極高。他並不從事於報導人性或人世間局面的多樣性，或是分析社會中發生作用的各種力量，而是要表達他對於一個特殊問題的某種感覺，某種態度。這就是說：他根本是一個抒情的作家，不是個戲劇的作家；而一個抒情作家的好處，全在他把個人心目中的形象表現得多麼強烈，而並不靠他創造各種人物，或是各人心目中的意象互相衝突。海明威雖然並沒有爲我們這時代作紀錄，也沒有給它診斷病情——也永遠不打算這麼做——他卻給了我們一個最動人的象徵之一。

〔註釋〕

本文作者羅勃・潘・華倫是美國當代傑出的小說家、詩人，批評家，其作品以長篇小說All the King's Men最爲著名。華倫現爲耶魯大學教授。

本文原發表於Kenyon Review一九四七年冬季號。一九四九年Scribner's書店再版發行海明威的〈戰地春夢〉，將華倫此文置於卷首，作爲序文。本文亦收在柴貝所編的《美國文學批評論文集》（一九五一年增訂版）中。

譯文曾取得原作者之同意。

①本文所引海氏著作，中英名字對照如下：

〈太陽照常上升〉The Sun Also Rises
〈戰地春夢〉A Farewell to Arms
〈戰地鐘聲〉For Whom the Bell Tolls
〈我們的時代〉In Our Time
〈第五縱隊〉The Fifth Column
〈五萬大洋〉Fifty Grand
〈我的老太爺〉My Old Man
〈不敗者〉The Undefeated
〈雪山盟〉The Snows of Kilimanjaro
〈殺人者〉The Killers

〈賭徒、女尼與無線電〉The Gambler, the Nun, and the Radio
〈有與無〉To Have and Have Not
〈非洲的青山〉Green Hills of Africa
〈死者的自然史〉A Natural History of the Dead
〈一個清潔的燈光明亮的地方〉A Clean, Well-Lighted Place
〈追踪競賽〉The Pursuit Race

②作者原註：請參看 Edmund Wilson 著〈海明威論〉，收在 The Wound and the Bow 論文集內。

③〈塵埃與黑影〉典出拉丁詩人 Horace：『當我們降入我們祖先所住居的地方，我們就成了塵埃與黑影。』史蒂文生這篇散文主張根據科學的發現，重建道德秩序。

④〈悼亡友〉是丁尼生的名詩。亡友 Arthur Henry Hallam 早年夭折，丁尼

生對於人生的意義，起了懷疑，再三思考，終於重新建立永生的信念。〈悼亡友〉全詩共百餘節，丁尼生用了十七年功夫，陸陸續續寫成的。文中所謂『否定了它』，即謂丁尼生後來不承認世界是殘暴而無意義的。

⑤〈命運〉。哈地的悲觀思想是有名的。

⑥〈栗子樹丟下火把〉。霍思曼是和哈地同時代的悲觀詩人。所謂『栗子樹丟下火把』者，表示五月終了，春盡花落的意思。

⑦作者原註：Modern Library版〈戰地春夢〉所作序文對於此點頗有發揮。

⑧“ver Beach” by Matthew Arnold.

⑨聶克——〈我們的時代〉的主角。

⑩〈決斷與獨立〉和〈邁戈〉——華滋華斯的名詩，講的都是鄉村老人的故事。

⑪Preface to “Lyrical Ballads”——這是一篇『浪漫主義詩』的宣言。華滋華

斯反對十八世紀古典派末流的矯揉造作，主張用通俗語言，寫平凡的生活。

⑫德國歷史家斯賓格勒以寫《西方的衰落》著名。

⑬Gertrude Stein——美國女作家，輩份比海明威老的新派作家。她的文章很特別，例如稱海明威爲『最芳香的說故事的人』。

⑭Wyndham Lewis英國批評家，諷刺小說家。原文〈蠢牛——海明威論〉（The Dumb Ox, A Study of Hemingway），載於American Review一九三四年六月。

⑮原註：Philip Rahv作（The Social Muse and the Great Kudu），載Partisan Review一九三七年十二月號。

⑯Malcolm Cowley爲《海明威選集》所作序文。

⑰原註：〈我們的時代〉第六章。

⑱原註：Robert Herrick作（What is Dirt?）載Bookman一九二九年十一月號。

⑲原註：哈地作：〈讀小説得益的方法〉（The Profitable Reading of Fiction）。

⑳康拉德是波蘭人，後入英國籍，以英文寫作，成爲大小説家。亨利・詹姆斯是美國人，偏喜歡住在英國。普通英國讀者，對於這兩位作家，可能有『非我族類』，因此『格格不入』之感。

㉑原註David Daiches（英國批評家）作〈康拉德論〉，見氏所著《近代世界中之小説》（Fiction in the Modern World）。

㉒Savonarola——義大利十五世紀宗教改革家。

國家圖書館出版品預行編目資料

同學少年都不賤 / 張愛玲著 .
‥初版‥臺北市；平裝本，2004【民93】
面　；公分，‥（皇冠叢書；第3339種）
〔張愛玲作品；17〕
ISBN 957-33-2022-3 （平裝）
857.63　　　　　　93000067

皇冠叢書第3339種

張愛玲全集 17

同學少年都不賤

作　　者—張愛玲
發 行 人—平鑫濤
出版發行—皇冠文化出版有限公司
台北市敦化北路120巷50號
電話◎2716-8888
郵撥帳號◎1526151~6號
香港星馬—皇冠出版社（香港）有限公司
總 代 理　香港灣仔告士打道88號19樓
電話◎2529-1778　傳真◎2527-0904
出版統籌—盧春旭
編務統籌—金文蕙
美術設計—李顯寧
行銷企劃—劉蕊瑄
印　　務—林莉莉・林佳燕
校　　對—鮑秀珍・金文蕙・余素維
初版一刷日期—2004年2月
初版二刷日期—2004年2月
法律顧問—王惠光律師

讀者服務傳真專線◎02-27150507
皇冠文化集團網址◎http：//www.crown.com.tw
電腦編號◎001017
國際書碼◎ISBN957-33-2022-3
Printed in Taiwan
本書定價◎新台幣200元 / 港幣67元

動動手指，就能得五十萬！

皇冠文化集團50週年回饋大抽獎專用回函卡

現金50萬，以及總值10萬、8萬、5萬等五百多項獎品，正等著你輕鬆來拿！皇冠邁向五十週年，送給讀者最大的好禮就是，只要從2003年3月到2004年2月出版的『嚴選五十』好書中，選出任二本剪下書封後摺口上的抽獎專用印花(影印無效)，貼在本專用回函卡上寄回本公司(免貼郵票)，就可以參加回饋大抽獎(詳細獎項請參見背面)。

回函有效期至2004年2月29日截止（郵戳為憑），並將於2004年3月舉行公開抽獎。詳細辦法可參見皇冠雜誌和皇冠文化集團網站：www.crown.com.tw

◎獨家贊助：達克公爵 GentlemanDuck®

印花黏貼處　　印花黏貼處

《同學少年都不賤》

1. 您從何處得知本書？(可複選)
□書店　□宣傳活動　□報章雜誌　□郵購DM　□網站
□書評或書介　□親友介紹　□其他：________

2. 您購買本書的動機？(可複選，請以1. 2. 3……排優先序)
□封面　□書名　□內容題材　□作者　□廣告
□系列規劃　□促銷活動　□其他：________

3. 您通常透過哪些管道購書？(可複選)
□書店　□便利商店　□量販店　□網路　□信用卡銀行郵購
□郵購型錄　□劃撥郵購　□團體訂購　□其他：________

4. 您對本書的意見：________

【讀者資料】

姓名：________　身分證字號：________

性別：□男　□女　生日：____年____月____日

學歷：□國小或以下　□國中　□高中職　□大專　□研究所

通訊地址：□□□
____

聯絡電話：(公)________　分機____　(宅)________

e-mail：________

皇冠文化集團50週年回饋大抽獎獎項

◎首　獎一名：獨得現金新台幣50萬元整。
◎金典獎一名：獨得達克公爵總值10萬元產品一組
（包含鑽錶、斜背包、後背包、毛皮草側肩包、公事包、皮夾、拉桿箱、抱枕心、洋傘、手機袋等。）
◎銀爵獎一名：獨得達克公爵總值8萬元產品一組（包含鑽錶、公事包、旅行袋、後背包、水桶包、皮夾等。）
◎皇品獎一名：獨得達克公爵總值5萬元產品一組（包含公事包、側肩包、後背包、旅行袋、皮夾、短夾等。）
◎尊御獎一名：獨得達克公爵總值3萬元產品一組（包含大型旅行袋、後背包、萬用皮夾、筆記本、洋傘等。）
◎八銅獎一名：獨得達克公爵總值2萬元產品一組（包含大型旅行袋、後背包、中性襪等。）
◎歷史獎一名：獨得皇冠出版《全新吳姐姐講歷史故事》一套50本。
◎歡樂獎三名：各得侯文詠、蔡康永的有聲書《歡樂三國志》一套20集。
◎傾城獎十名：各得皇冠出版《張愛玲典藏全集》精裝版一套14本。
◎公爵獎五十名：各得達克公爵總值5000元產品一組
（A. 萬用包+抗UV洋傘，共30名。B. 筆記本+相片鑰匙圈，共20名。）
◎御鴨獎一百名：各得達克公爵價值2500元零錢包一個。
◎慶生獎一百名：各得達克公爵鑰匙圈+中性襪或女網襪一組。
◎好看獎一百名：各得皇冠雜誌半年份。
◎讀樂獎一百名：各得皇冠叢書讀樂禮金500元。
◎經典獎一百名：各得《世界十大間諜小說經典》一套10本。

●獎金總值達13333元者，須扣繳15%機會中獎所得稅。●同一讀者以得一獎為限，以較高金額的獎項為準。
●所有獎項以實物為準，照片僅供參考。●皇冠文化集團及協力廠商之員工及其直系親屬不得參加抽獎。
●本抽獎活動僅限台灣地區讀者參加。

北區郵政管理局登
記證北台字1648號
免　貼　郵　票

（限國內讀者使用）

105
台北市敦化北路120巷50號
皇冠文化出版有限公司　收